www.ingramcontent.com/pod-product-compliance
Lightning Source LLC
La Vergne TN
LVHW010813051026
849532LV00007B/2528
* 9 7 8 9 3 5 8 7 2 2 2 5 3 *

میرا دشمن

(ہندی کہانیوں کا انتخاب)

بھیشم ساہنی

Mera Dushman *(Short Stories Collection)*

by: Bhisham Sahini

Edition: November '2024

Publisher :

Taemeer Publications LLC (Michigan, USA / Hyderabad, India)

ISBN 978-93-5872-225-3

کتاب	:	**میرا دشمن** (کہانیاں)
مرتب	:	**بھیشم ساہنی**
صنف	:	فکشن
ناشر	:	تعمیر پبلی کیشنز (حیدر آباد، انڈیا)
سالِ اشاعت	:	۲۰۲۴ء
صفحات	:	۱۲۸
سرورق ڈیزائن	:	تعمیر ویب ڈیزائن

فہرست

دیباچہ

ہر زمانے کے ادب پر اس کے معاشرے کا رنگ رہتا ہے، اس میں ہم زندگی کی ایک خاص دھڑکن محسوس کر پاتے ہیں۔ یہ صحیح ہے کہ ادب کا ذائقہ ہم زبانوں کی بنیاد پر نہیں لیتے، ایسا ہوتا تو ہم صرف اپنے ہی زمانے میں لکھی کہانیاں پڑھتے (حالاں کہ اکثر ایسا بھی ہوتا ہے کہ معمر قارئین کو نوجوان ادیبوں کی چیزیں پسند نہیں آتیں، وہ اس ادب سے جس سے وہ اپنی نوجوانی میں متاثر ہوئے تھے، اتنے عادی ہو چکے ہوتے ہیں کہ انھیں بعد کا لکھنا پسند نہیں آتا۔ وہ اُن قدروں اور شناخت کے اس چوکھٹے میں صحیح نہیں بیٹھتی جان پڑتی، جس چوکھٹے کے وہ عادی ہو چکے ہیں۔ لیکن یہ بات دوسری ہے۔) ان تفاریق کے ہوتے ہوئے بھی ایک زمانے کا ادب دوسرے زمانے کے ادب سے الگ نہیں ہو جاتا، ان کے اندر پایا جانے والا گہرا انسانی درد انھیں دوسرے سے جوڑے رہتا ہے۔ یہ انسانیت ہی ادب کو لافانی بناتی ہے۔ صدیوں بیت جانے پر بھی اُسے پُرانا نہیں پڑنے دیتی۔ یہ انسانیت ادب کو گزرا ہوا وقت بھی بناتی ہے اور وقت کے مطابق بھی۔ جو ادب اپنے زمانے میں سنگت ہوتا ہے وہ اسی انسانیت کی بنا پر، بعد میں بھی معنی خیزی لیے رہتا ہے۔ لیکن جہاں ادب میں انسانیت کے سوتے سوکھنے لگیں وہاں وہ اپنے زمانے میں ہی غیر متعلق پڑنے لگتا ہے۔ بعد کا تو کہنا ہی کیا۔

ہم یہ تو نہیں کہہ سکتے کہ ۴۷ کے بعد ہندی کہانی نے نیا رُخ اپنایا۔ ادب میں ایسی لکیریں تو نہیں کھینچی جا سکتیں۔ لیکن اتنا ضرور کہہ سکتے ہیں کہ جہاں پہلے کے رجحانات کا اصرار رفتہ رفتہ سرد پڑتا گیا، وہاں نئے نئے رجحانات سامنے آنے لگے اور رفتہ رفتہ کہانی اپنے ارتقار کے عمل میں نئی زمین توڑنے لگی اور اس کے ساتھ نئے نئے پھیلاؤ جڑنے لگے۔

اس میں شک نہیں کہ ناصحانہ اصرار کم ہوتا گیا۔ یہ پہلے سے ہی کم ہونے لگا تھا، لیکن اب یہ تکلیف دہ تھا۔ کہانی اس لیے لکھی جائے کہ کسی اخلاقی نتیجے کا صرف تماشائی بن کر رہ جائے، کہانی کا یہ تصور یقیناً پیچھے چھوٹ گیا لیکن اس کا یہ مطلب نہیں کہ ہندی کہانی مقصدیت یا اخلاقی قدروں کو ترک کرنے لگی تھی۔ ایسا نہیں تھا۔ بلکہ مقصدیت کا اصرار برابر بنا رہا، لیکن اب وہ کہانی میں کھپ کر سامنے آنے لگا۔ اسے کسی چوکھٹے میں فٹ بیٹھانے کی کوشش غلط جان پڑنے لگی تھی۔ کہانی کا پہلا چوکھٹا ٹوٹنے لگا تھا۔ اخلاقی وعظ کے ساتھ، زندگی کی آسانی کی جو عادت پائی جاتی ہے کالے اور سفید رنگوں میں دیکھنے کا رجحان، اس میں سے یقیناً ہی کہانی باہر نکلنے لگی تھی۔ اب سیدھا زندگی سے بات کرنے کی، اس کی پیچیدگیوں کو دیکھ پانے کی، اس میں اور گہرا ڈوبنے کی، اپنے کو تعصب سے نجات پانے کی عادت بڑھنے لگی تھی۔ رفتہ رفتہ 'اخلاقی نتیجہ' کہانی میں نہیں رہ گئے، 'انسانی صورتِ حال' کے مرکز میں آنے لگی تھی۔ اس سے یقیناً کہانی میں پھیلاؤ آیا اور اس میں زیادہ فنکاری بھی آنے لگی۔ انسانی رشتوں میں پائی جانے والی بے محلی، بدلتے معاشرے سے پیدا ہونے والی الجھنیں، کرداروں کے باطن میں اٹھنے والے تناؤ، نئے نئے دباؤ اور نئے نئے مسائل کہانیوں کے لیے پلاٹ جٹانے لگے۔ کہانیاں زیادہ مستند اور جاندار ہو کر سامنے آنے لگیں۔

یہ صحیح ہے کہ ہمارے یہاں آدرشوادی نظریے کا اصرار روایتی ہے۔ اس سے ادب میں انسانی قدروں کا نقصان تو نہیں ہوا لیکن زندگی کی صداقت پر ہماری گرفت بہت مضبوط نہیں ہو سکی۔ لیکن اب یقیناً لکھنے والے کی نگاہ پر غیر مجسم آدرشوں یا نظریے سے تھوڑا ہٹ کر زندگی کی حقیقت کی طرف زیادہ مائل ہونے لگا۔

ہندی کہانی میں ایک اور طرح کی رنگارنگی بھی آئی۔ ہندی جاننے والا صوبہ بہت بڑا ہے، اس میں سات صوبے آتے ہیں، اور ہندی میں لکھنے والے تو تقریباً سبھی صوبوں میں پائے جاتے ہیں —— اور یہ بھی ایک دلچسپ سچائی ہے کہ ہندی ادب کی خدمت غیر ہندی زبان کے لوگوں نے جتنی کی ہے، اتنی شاید ہندی زبان کے لکھنے والوں نے نہیں کی۔ اب راجستھان میں لکھی جا رہی ہندی کہانی اور بہار میں لکھی جا رہی

ہندی کہانی ہیں، زبان کے رہتے ہوئے بھی، دونوں کا اپنا اپنا رنگ ہوگا۔ ایک کی زبان میں راجستھانی کا پُٹ ہوگا تو دوسری میں بھوجپوری کا۔ محاورے، روایتیں، مزاح، رسم و رواج وغیرہ وغیرہ۔ اس طرح ہندی کہانی کی رنگارنگی بڑھی ہے، اور زبان مالامال ہوئی ہے۔ ہمارے یہاں کہا جاتا ہے کہ ہندی کہانی میں ہر دس سال بعد نسل بدل جاتی ہے اور ہر دس سال بعد ہی ایک نئی تحریک' بھی کہانی کے میدان میں لہریں مارنے لگتی ہے اور یہ خاصیت صرف ہندی کہانی کی ہی ہے —— کہانی کا منچ آج تینوں نسلوں کے لکھنے والوں سے کھچاکھچ بھرا ہے۔ متعدد لکھنے والوں کے بارے میں تو اُن کی نسل تک طے کر پانا مشکل ہو رہا ہے۔ لیکن اُن کے تعاون سے کہانی متمول ہوئی ہے۔ میسرز رما کانت، شیکھر جوشی، سے را۔ یاتری، رونِدر کالیا، مدرا راکشس، مہیپ سنگھ، ہمانشو جوشی، گنگا پرساد وِمل، کامنا ناتھ، جگدمبا پرساد گپت، رام داس دِکشت، رمیش بخشی، دھرمیندر گپت، رمیش اپادھیائے، مدھوکر سنگھ، یوگیش گپت، ستیش جمالی، ستین کمار، بلرام، دھریندر استھانا، رمیش بترا، اسرائیل، وغیرہ وغیرہ کوئی کتنے نام گنائے۔

ہندی کہانی نے اپنے ارتقائی سفر میں متعدد پڑاؤ پھاندے ہیں۔ ایک طرف وہ ہندوستانی ادب کی انسانیت پسندی کی روایت سے جڑی رہی ہے، دوسری طرف وہ آج کی زندگی سے ملاقات کرتی ہوئی موجودہ جذباتی موضوع کو جذب کرتی رہی ہے۔ سب سے بڑی بات کہ وہ زندگی میں گہرائی سے جڑتی چلی گئی ہے۔ بھلے ہی موضوع کی نگاہ سے اس میں زیادہ وسعت نہ آئی ہو لیکن اس میں یقیناً گہرائی آئی ہے۔ ہندی ادب کی یہ ابھی بھی سب سے زیادہ مقبول صنف ہے، شاید اسی لیے مختلف زاویوں سے، مختلف رجحانات سے متاثر ادیبوں نے اس صنف کو اپنایا ہے۔ بھلے ہی یہ کبھی ایک طرف تو کبھی دوسری طرف کو جھکتی رہی ہے، اپنا توازن کھوتی رہی ہے، لیکن اس سب کے رہتے' اس نے زندگی کا دامن نہیں چھوڑا، اسی وجہ سے آج بھی اس کی سرگرمی اور اثرات بنے ہوئے ہیں اور یقیناً مستقبل میں بھی اس کے ہاتھوں ہمارے ملک کا ادب مالامال ہوتا رہے گا۔

بھیشم ساہنی

کرشن بلدیو وید

میرا دشمن

وہ اس وقت دوسرے کمرے میں بے ہوش پڑا ہے۔ آج میں نے اس کی شراب میں کوئی چیز ملادی تھی کہ خالی شراب وہ شربت کی طرح غٹ غٹ پی جاتا ہے اور اس پر کوئی خاص اثر نہیں ہوتا۔ آنکھوں میں لال ڈورے سے جھولنے لگتے ہیں، ماتھے کی شکنیں پسینے سے بھیگ کر دمک اٹھتی ہیں، ہونٹوں کا زہر اور اجاگر ہو جاتا ہے، اور بس ——— ہوش و حواس بدستور قائم رہتے ہیں۔

حیران ہوں کہ یہ ترکیب مجھے پہلے کبھی کیوں نہیں سوجھی۔ شاید سوجھی بھی ہو، اور میں نے کچھ سوچ کر اسے دبا دیا ہو۔ میں ہمیشہ کچھ نہ کچھ سوچ کر باتوں کو دبا جاتا ہوں۔ آج بھی مجھے اندیشہ تو تھا کہ وہ پہلے ہی گھونٹ میں ذائقہ پہچان کر میری چوری پکڑ لے گا، لیکن گلاس ختم ہوتے ہوتے اس کی آنکھیں بجھنے لگی تھیں اور میرا حوصلہ بڑھ گیا تھا۔ جی میں آیا کہ اسی لمحے اس کی گردن مروڑ دوں، لیکن پھر نتیجوں کے تصوّر سے دل دہل کر رہ گیا تھا۔ میں سمجھتا ہوں کہ ہر بزدل آدمی کا تخیل بہت تیز ہوتا ہے، ہمیشہ اسے ہر خطرے سے بچا لے جاتی ہے۔ پھر بھی ہمت باندھ کر میں نے ایک بار سیدھے اس کی طرف دیکھا ضرور تھا۔ اتنا بھی کیا کم ہے کہ عام حالت میں میری نگاہیں سہمی ہوئی سی اس کے سامنے اِدھر اُدھر پھڑپھڑاتی رہتی ہیں۔ عام حالات میں میری کیفیت اس کے سامنے بہت غیر معمولی رہتی ہے۔

خیر، اب اس کی آنکھیں بند ہو چکی تھیں اور سر جھول رہا تھا۔ ایک طرف لڑھک کر گر جانے سے پہلے اس کی باہیں دو لدی ہوئی ڈھیلی ٹہنیوں کی سست سی اٹھان کے ساتھ میری طرف اٹھ آئی تھیں۔ اسے اس طرح لاچار دیکھ کر وہم ہوا تھا کہ وہ دم توڑ رہا ہے۔

لیکن میں جانتا ہوں کہ وہ موذی کسی بھی لمحے اُچھل کر کھڑا ہو سکتا ہے۔ ہوش سنبھالنے پر وہ کچھ کہے گا نہیں۔ اس کی طاقت اس کی خاموشی میں ہے۔ باتیں وہ اس زمانے میں بھی بہت کم کیا کرتا تھا، لیکن اب تو جیسے بالکل گونگا ہو گیا ہے۔

اس کی گونگی نافرمانی کے صرف تصور سے مجھے دہشت ہو رہی ہے۔ کہا نہ، کہ میں ایک بزدل انسان ہوں۔

ویسے میں نہ جانے کیسے سمجھ بیٹھا تھا کہ اتنے عرصے کی علیحدگی کے بعد اب میں اس کی دہشت سے پوری طرح آزاد ہو چکا ہوں۔ اسی خوش فہمی میں شاید اس روز اسے میں اپنے ساتھ لے آیا تھا۔ شاید دل میں کہیں اس پر رعب گانٹھنے اسے نیچا دکھانے کی بدنیت بھی رہی ہو۔ ہو سکتا ہے کہ میں نے سوچا ہو کہ وہ میری جیتی جاگتی خوبصورت بیوی، چہکتے مٹکتے تندرست بچوں اور آراستہ پیراستہ عالیشان کوٹھی کو دیکھ کر خود ہی میدان چھوڑ کر بھاگ جائے گا، اور ہمیشہ کے لیے مجھے اس سے نجات مل جائے گی شاید میں اس پر یہ ثابت کر دکھانا چاہتا تھا کہ اس سے پیچھا چھڑا لینے کے بعد کس خوشگوار حد تک میں نے اپنی زندگی کو سنبھال سنوار لیا ہے۔

لیکن یہ سب لنگڑے بہانے ہیں۔ حقیقت شاید یہ ہے کہ اس روز میں اُسے اپنے ساتھ نہیں لایا تھا، بلکہ وہ خود ہی میرے ساتھ چلا آیا تھا، جیسے میں اسے نہیں بلکہ وہ مجھے نیچا دکھانا چاہتا ہو۔ ظاہر ہے کہ اس وقت وہ باریک بات میری سمجھ میں نہیں آئی ہو گی۔ موقعہ پر ٹھیک بات میں کبھی نہیں سوچ پاتا۔ یہی تو مصیبت ہے۔ ویسے مصیبتیں اور بھی بہت ہیں، لیکن ان سب کا ذکر یہاں بیکار ہو گا۔

خیر، مالا کے سامنے اس روز میں نے اسی قسم کی کوئی لنگڑی صفائی پیش کرنے کی کوشش کی تھی اور اس پر کوئی اثر نہیں ہوا تھا۔ وہ اسے دیکھتے ہی بپھر اٹھی تھی۔ سب سے پہلے اپنی بیوقوفی اور سارے حالات کا احساس شاید مجھے اسی لمحے ہوا تھا۔

مجھے اس کم بخت سے وہیں گھر سے دور، اس سڑک کے کنارے کسی نہ کسی طرح نبٹ لینا چاہیے تھا۔ اگر اپنی اس سہمی ہوئی خاموشی کو توڑکر میں نے اپنی تمام مجبوریاں اس کے سامنے رکھ دی ہوتیں، مالا کا ایک خاکہ سا کھینچ دیا ہوتا، صاف صاف اس سے کہہ دیا ہوتا —— دیکھو گورو، مجھ پر دیا کرو اور میرا پیچھا چھوڑ دو —— تو شاید وہیں ہم کسی سمجھوتے پر پہنچ جاتے۔ اور نہیں تو وہ مجھے کچھ مہلت تو دے ہی دیتا۔ چھوٹتے ہی دو مورچوں کو ایک ساتھ سنبھالنے کی دقّت تو پیش نہ آتی۔ کچھ بھی ہو، مجھے اُسے اپنے گھر نہیں لانا چاہیے تھا۔ لیکن اب یہ ساری سمجھداری بیکار تھی۔ مالا اور وہ ایک دوسرے کو یوں گھور رہے تھے جیسے دو پرانے اور جانی دشمن ہوں۔ ایک لمحے کے لیے میں یہ سوچ کر مطمئن ہوا تھا کہ مالا سارے حالات خود سنبھال لے گی، اور پھر دوسرے ہی لمحے میں مالا کی لعنت ملامت کا تصوّر کر سہم گیا تھا۔ بات کو مذاق میں گھول دینے کی کوشش میں مَیں نے ایک خاص گِلگِلے لہجے میں —— جو میرے پاس ایسے نازک موقعوں کے لیے محفوظ رہتا ہے —— کہا تھا، ڈارلنگ! ذرا راستہ تو چھوڑ دو، کہ ہم بہت لمبی سیر سے لوٹے ہیں، ذرا بیٹھ جائیں تو جو سزا جی میں آئے، دے دینا۔

وہ راستے سے تو ہٹ گئی تھی، لیکن اس کے تناؤ میں کوئی کمی نہیں ہوئی تھی، اور نہ ہی اس نے مجھے بیٹھنے دیا تھا۔ ساتھ ہی اس مُردار نے میری طرف یوں دیکھا تھا جیسے کہہ رہا ہو —— تو تم واقعی اِس عورت کے غلام بن کر رہ گئے ہو۔ اور خود میں اُن دونوں کی طرف یوں دیکھ رہا تھا جیسے ایک کی نظر بچا کر دوسرے سے کوئی سازشی رشتہ پیدا کر لینے کی خواہش ہو۔

پھر مالا نے موقعہ پاتے ہی مجھے الگ لے جاکر ڈانٹنا ڈپٹنا شروع کر دیا تھا —— میں پوچھتی ہوں کہ یہ تم کس آوارہ گرد کو پکڑ کر ساتھ لے آئے ہو؟ ضرور کوئی تمھارا پرانا دوست ہوگا؟ ہے نا؟ اتنے برس شادی کو ہو چلے، لیکن تم ابھی تک ویسے کے ویسے ہی رہے۔ میرے بچّے اسے دیکھ کر کیا کہیں گے؟ پڑوسی کیا سوچیں گے؟ اب کچھ بولو گے بھی؟

میں حیران تھا کہ کیا بولوں! مالا کے سامنے میں بولتا کم ہوں، زیادہ وقت

تولنے میں ہی بیت جاتا ہے، اور اس کا مزاج اور بگڑ جاتا ہے۔ ویسے اس کا غصہ بجا تھا۔ اس کا غصہ ہمیشہ بجا ہوتا ہے۔ ہماری کامیاب شادی کی بنیاد بھی اسی پر قائم ہے —— اس کی ہر بات ہمیشہ صحیح ہوتی ہے، اور میں اپنی ہر غلطی کو چپ چاپ اور فوراً قبول کر لیتا ہوں۔ اوپر سے وہ کچھ بھی کیوں نہ کہے، اسے میری فرمانبرداری پر پورا بھروسہ ہے۔ بیچ بیچ میں محض مجھے خوش کر دینے کے خیال سے وہ اس قسم کی شکایتیں ضرور کر دیا کرتی ہے —— کہیں نہ جانے ہر معمولی سے معمولی بات پر میرے خلاف ڈٹ جانے میں کیا مزہ آتا ہے؟ مانتی ہوں کہ تم مجھ سے کہیں زیادہ سمجھدار ہو، لیکن کبھی کبھی میری بات رکھنے کے لیے ہی سہی ... وغیرہ وغیرہ۔

مجھے اس کے یہ جھوٹے الاہنے بہت پسند ہیں، گو میں ان سے کچھ زیادہ خوش نہیں ہو پاتا۔ پھر بھی وہ سمجھتی ہے کہ ان سے میرا بھرم بنا رہتا ہے، اور میں جانتا ہوں کہ باگ ڈور اسی کے ہاتھ میں رہتی ہے اور یہ ٹھیک ہی ہے۔

تو مالا دانت پیس کر کہہ رہی تھی —— اب کچھ بولو گے بھی؟ میرے بچے پارک سے لوٹ کر اس منحوس آدمی کو بیٹھک میں بیٹھا دیکھیں گے، تو کیا کہیں گے؟ ان پر کیا اثر ہوگا؟ اُف، اتنا گندہ آدمی! سارا گھر مہک رہا ہے۔ بتاؤ نہ، میں اپنے بچوں سے کیا کہوں گی؟

اب ظاہر ہے کہ میں مالا کو کچھ بھی نہیں بتا سکتا تھا۔ اس لیے میں سر جھکائے کھڑا رہا، اور وہ منہ اٹھائے بہت دیر تک برستی رہی۔

ویسے یہاں یہ صاف کر دوں کہ وہ بچے مالا اپنے ساتھ نہیں لائی تھی۔ وہ میرے بھی اتنے ہی ہیں جتنے کہ اس کے، لیکن ایسے موقعوں پر وہ ہمیشہ 'میرے بچے'، کہہ کر مجھ سے انھیں یوں الگ کر لیا کرتی ہے، جیسے کوئی کیچڑ سے لعل نکال رہا ہو۔ کبھی کبھی مجھے اس بات پر بہت دکھ بھی ہوتا ہے، لیکن پھر ٹھنڈے دل سے سوچنے پر محسوس ہوتا ہے کہ جسمانی سچائی کچھ بھی ہو، روحانی طور پر ہمارے سبھی بچے مالا کے ہی ہیں۔ ان کے رنگ ڈھنگ میں میرا حصہ بہت کم ہے اور یہ ٹھیک ہی ہے، کیوں کہ اگر وہ مجھ پر جاتے تو انھیں بھی میری طرح سیدھا ہونے میں نہ جانے کتنی دیر لگ جاتی۔ میں خوش ہوں کہ ان کا مستقبل روشن ہے اور اس روشنی میں میرا ہاتھ

بس اتنا ہی ہے کہ میں ان کا قانونی، اور شاید جسمانی باپ ہوں، ان کے لیے پیسے کماتا ہوں، اور دل و جان سے ان کی ماں کی خدمت میں دن رات جٹا رہتا ہوں۔

خیر! کچھ دیر یوں ہی سر نیچا کیے کھڑے رہنے کے بعد آخر میں نے نہایت عاجزی سے کہنا شروع کیا تھا—— ارے بھئی، میں تو اس کم بخت کو ٹھیک طرح سے پہچانتا بھی نہیں، اس سے دوستی کا تو سوال ہی پیدا نہیں ہوتا۔ اب اگر راستے میں کوئی آدمی مل جائے تو ...

نہ جانے میرے فقرے کا اختتام کیوں کر ہوتا۔ شاید ہوتا بھی کہ نہیں، لیکن مالا نے بیچ میں ہی پاؤں پٹک کر کہہ دیا—— جھوٹ، سراسر جھوٹ!

یہ کہہ کر وہ اندر چلی گئی، اور میں کچھ دیر تک اور وہیں سر نیچا کیے کھڑا رہنے کے بعد واپس اس کمرے میں لوٹ آیا، جہاں بیٹھا وہ بیڑی پی رہا تھا اور مسکرا رہا تھا۔ جیسے سب جانتا ہو کہ میں کس مرحلے سے گزر کر آرہا ہوں۔

•

اب ہوا در اصل یہ تھا کہ اس شام مالا سے، کچھ دور اکیلا گھوم آنے کی اجازت مانگ کر میں یوں ہی بغیر مطلب گھر سے باہر نکل گیا تھا۔ عام طور پر وہ ایسی اجازتیں آسانی سے نہیں دیتی، اور نہ ہی میں مانگنے کی ہمت کر پاتا ہوں۔ بنا مطلب گھومنا اسے بہت برا لگتا ہے۔ کہیں بھی جانا ہو، کسی سے بھی ملنا ہو، کچھ بھی کرنا یا نہ کرنا ہو، مطلب کا صاف اور صحیح فیصلہ وہ پہلے سے ہی کر لیتی ہے۔ ٹھیک، ہی کرتی ہے۔ میں اس کی سمجھداری کی داد دیتا ہوں۔ ویسے گھر سے دور اکیلا میں کسی مطلب سے بھی نہیں آپاتا۔ مالا کی صحبت کی کچھ ایسی عادت سی پڑ گئی ہے کہ اس کے بغیر سب سونا سونا سا لگتا ہے۔ جب وہ ساتھ رہتی ہے تو کسی قسم کا کوئی اول جلول خیال من میں اٹھ ہی نہیں پاتا، ہر چیز ٹھوس ٹھوس اور بامطلب دکھائی دیتی ہے۔ اندر کی حالت ایسے رہتی ہے جیسے مالا کے ہاتھوں سجایا ہوا کوئی کمرہ ہو، جس میں ہر چیز قرینے سے پڑی ہو، بے قاعدگی کی کوئی گنجائش نہ ہو۔ اور جب وہ ساتھ نہیں ہوتی، تو وہی ہوتا ہے جو اس شام ہوا، یا پھر اسی قسم کا کوئی حادثہ، کیوں کہ اس سے پہلے ویسی بات کبھی نہیں ہوئی تھی۔

تو اس شام نہ جانے کس دھن میں میں گھر سے بہت دور نکل گیا تھا۔ عام طور پر گھر سے دور رہنے پر بھی میں گھر ہی کے بارے میں سوچتا رہتا ہوں، اس لیے نہیں کہ گھر میں کسی قسم کی کوئی پریشانی ہے۔ گاڑی نہ صرف چل رہی ہے، بلکہ خوب چل رہی ہے۔ باگ ڈور جب مالا جیسی عورت کے ہاتھ ہو، تو چلے گی نہیں تو اور کرے گی بھی کیا؟ نہیں، گھر میں کوئی پریشانی نہیں ــــ اچھی تنخواہ، اچھی بیوی، اچھے بچے، اچھے یار سوخ دوست، ان کی بیویاں بھی خوب صحت مند اور اچھی، اچھا سرکاری مکان، اچھا خوشنما لان، پاس پڑوس بھی اچھا، مہنگائی کے باوجود دونوں وقت اچھا کھانا، اچھا بستر اور اچھی بستری زندگی۔ میں پوچھتا ہوں، ان سب کے علاوہ اور چاہیے بھی کیا اچھے انسان کو؟ پھر بھی اکیلا ہونے پر گھریلو معاملوں کو بار بار الٹ پلٹ کر دیکھنے سے ویسا ہی اطمینان ملتا ہے، جیسا کسی بھی صحت مند آدمی کو بار بار آئینے میں اپنی صورت دیکھ کر ملتا ہوگا۔ میرا مطلب ہے کہ وقت اچھی طرح سے کٹ جاتا ہے، اوب نہیں ہوتی۔ یہ بھی مالا کی ہی صحبت کا نتیجہ ہے، نہیں تو ایک زمانہ تھا کہ میں ہر دم اوب کا شکار رہا کرتا تھا۔

ہو سکتا ہے کہ اس شام دماغ کچھ دیر کے لیے اسی گزرے ہوئے زمانے کی طرف بھٹک گیا ہو۔ کچھ بھی ہو، میں گھر سے بہت دور نکل گیا تھا، اور پھر اچانک وہ میرے سامنے آکھڑا ہوا تھا۔

محسوس ہوا تھا جیسے مجھے اکیلا دیکھ کر گھات میں بیٹھے ہوئے کسی خطرناک اجنبی نے ہی راستہ روک لینا چاہا ہو۔ میں ٹھٹھک کر رک گیا تھا۔ اس کی تنی ہوئی آنکھوں سے پھسل کر میری نگاہ اس کی مسکراہٹ پر جا ٹکی تھی، جہاں اب مجھے اس کے ساتھ بتائے ہوئے اس سارے گرد آلود زمانے کی ایک ٹمٹماتی ہوئی سی جھلک دکھائی دے رہی تھی۔ محسوس ہو رہا تھا کہ برسوں تک روپوش رہنے کے بعد پھر مجھے پکڑ کر کسی کے سامنے پیش کر دیا گیا ہو۔ میرا سر اس پیشی کے خیال سے دب کر جھک گیا تھا۔

کچھ، یا شاید کتنی ہی دیر ہم سڑک کے اس ننگے اور آوارہ اندھیرے میں ایک دوسرے کے روبرو کھڑے رہے تھے۔ اگر کوئی تیسرا اس وقت دیکھ رہا ہوتا، تو شاید سمجھتا کہ ہم کسی لاش کے سرہانے کھڑے کوئی عبادت کر رہے ہیں، یا ایک دوسرے

پر جھپٹ پڑنے سے پہلے کسی منتر کا جاپ۔

ویسے یہ سچ ہے کہ اسے پہچانتے ہی میں نے مالا کو یاد کرنا شروع کر دیا تھا، کہ ہر مصیبت میں میں اسی کا نام لیتا ہوں۔ ساتھ ہی یہاں سے دُم دبا کر بھاگ اٹھنے کی خواہش بھی جی میں اٹھتی رہی تھی۔ ایک اڑتی ہوئی تمنّا یہ بھی ہوئی تھی کہ واپس گھر لوٹنے کے بجائے چپ چاپ اس کم بخت کے ساتھ ہو لوں، جہاں وہ لے جانا چاہے چلا جاؤں، اور مالا کو خبر تک نہ ہو۔ اس خیال پر تب بھی میں بہت چونکا تھا، اور ابھی تک حیران ہوں، کیوں کہ آخر اسی سے پیچھا چھڑانے کے لیے ہی تو میں نے مالا کی گود میں پناہ لی تھی۔ اگر آج سے کچھ برس پہلے میں نے اس کے خلاف بغاوت نہ کی ہوتی تو... لیکن اس بھاگنے کو بغاوت کا نام دے کر میں اپنے آپ کو دھوکہ دے رہا ہوں، میں نے سوچا تھا، اور میرا منہ شرم کے مارے جل اٹھا تھا، میرا منہ اکثر اس آگ میں جلتا رہتا ہے۔

اس حرامزادے نے ضرور میری ساری پریشانی کو بھانپ لیا ہوگا۔ اس سے میری کوئی کمزوری چھپی نہیں، اور اس سے بھاگ کر مالا کی گود میں پناہ لینے کی ایک بڑی وجہ یہی تھی۔ اس کی ہنسی میں مجھے سوکھے پتّوں کی ہیبتناک کھڑکھڑاہٹ سنائی دے رہی تھی، اور اس کھڑکھڑاہٹ میں اس کے سایے میں گزرے ہوئے زمانے کی بے شمار باتیں آپس میں ٹکرا رہی تھیں۔ بڑی مشکل سے آنکھ اٹھا کر اس کی طرف دیکھا تھا۔ اس کا ہاتھ میری طرف بڑھا ہوا تھا۔ میں بدک کر دو قدم پیچھے ہٹ گیا تھا، اور اس کی ہنسی اور اونچی ہو گئی تھی۔ کسے ہوئے دانتوں سے میں نے اس کی آنکھوں کا سامنا کیا تھا۔ اپنا ہاتھ اس کے کھردرے ہاتھ میں دیتے ہوئے اور اس کی سانسوں کی بدبودار حرارت اپنے چہرے پر پھیلتے ہوئے میں نے محسوس کیا تھا جیسے اتنی مدت آزاد رہ لینے کے بعد پھر اپنے آپ کو اس کے حوالے کر دیا ہو۔ عجیب بات ہے، احساس سے جتنی تکلیف مجھے ہونی چاہیے تھی، اتنی ہوئی تھی۔ شاید ہر بھگوڑا مجرم دل سے یہی چاہتا ہے کہ کوئی پکڑ لے۔

گھر پہنچنے تک کوئی بات نہیں ہوئی تھی۔ اپنی اپنی خاموشی میں لپٹے ہوئے ہم دھیمے دھیمے چل رہے تھے، جیسے کندھوں پر کوئی لاش اٹھائے

ہوئے ہوں۔

اس لیے، جب مالا کی ڈانٹ ڈپٹ سن لینے کے بعد، منہ بنائے، میں واپس بیٹھک میں لوٹا، تو وہ بدذات مزے میں بیٹھا بیڑی پی رہا تھا۔ ایک لمحے کے لیے وہم ہوا، جیسے وہ کمرہ اسی کا ہو۔ پھر کچھ سنبھل کر، اس سے نظر ملائے بغیر، میں نے کمرے کی ساری کھڑکیاں کھول دیں، پنکھے کو اور تیز کر دیا، ایک جھنجھلائی ہوئی ٹھوکر سے اس کے جوتوں کو صوفے کے نیچے دھکیل دیا، ریڈیو چلانا ہی چاہتا تھا کہ اس کی پھٹی ہوئی ہنسی سنائی دی، اور میں بے بس ہو، اس سے دور ہٹ کر چپ چاپ بیٹھ گیا۔

جی میں آیا کہ ہاتھ باندھ کر اس کے سامنے کھڑا ہو جاؤں، ساری حقیقت سُنا کر کہہ دوں — دیکھو دوست، اب میرے حال پر رحم کرو، اور مالا کے آنے سے پہلے چپ چاپ یہاں سے چلے جاؤ، ورنہ نتیجہ بہت برا ہوگا۔

لیکن میں نے کچھ کہا نہیں۔ کہا بھی ہوتا تو سوا ایک اور زہریلی ہنسی کے اس نے میری اپیل کا کوئی جواب نہ دیا ہوتا۔ وہ بہت ظالم ہے، ہر بات کی تہہ تک پہنچنے کا قائل اور جذبات سے اسے سخت نفرت ہے۔

سے کمرے کا جائزہ لیتے دیکھ میں نے دبی نگاہ سے اس کی طرف دیکھنا شروع کر دیا۔ ٹانگیں سمیٹے وہ صوفے پر بیٹھا ہوا ایک جانور سا دکھائی دیا۔ اس کی حالت بہت خستہ دکھائی دی، لیکن اس کی شکل اب بھی مجھ سے کچھ کچھ ملتی تھی۔ اس خیال سے مجھے کوفت بھی ہوئی، اور ایک عجیب قسم کی خوشی بھی محسوس ہوئی۔ ایک زمانہ تھا جب وہی میرا واحد آدرش ہوا کرتا تھا، جب ہم دونوں گھنٹوں ایک ساتھ گھوما کرتے تھے، جب ہم نے بار بار کئی نوکریوں سے ایک ساتھ استعفے دیے تھے، کچھ ایک سے ایک ساتھ نکالے بھی گئے تھے، جب ہم اپنے آپ کو اُن تمام لوگوں سے بہتر اور اونچے سمجھتے تھے جو پِٹی پٹائی لکیروں پر چلتے ہوئی اپنی ساری زندگی ایک بدنما اور روایتی گھروندوں کی تعمیر میں برباد کر دیتے ہیں، جن کے دماغ ہمیشہ اس گھروندے کی چار دیواری میں قید رہتے ہیں، جن کے دل صرف

اپنے بچوں کی کلکاریوں پر ہی جھومتے ہیں، جن کی بیوقوف بیویاں دن رات انھیں تگنی کا ناچ نچاتی ہیں، اور جنھیں اپنی سفید پوشی کے علاوہ اور کسی بات کا کوئی غم نہیں ہوتا۔ کچھ دیر میں اس زمانے کی یاد میں ڈوبا رہا۔ محسوس ہوا، جیسے وہ پھر اسی دنیا میں ایک پیغام لایا ہو، پھر مجھے انھیں رومانی ویرانوں میں بھٹکا دینے کی کوشش کرنا چاہتا ہو، جن سے بھاگ کر میں نے اپنے لیے ایک پھولوں کی سیج سنوار لی ہے، جس پر مالا قریب ہر رات مجھ سے میری فرمانبرداری کا ثبوت طلب کرتی ہے، اور جہاں میں بہت سکھی ہوں۔

وہ مسکرا رہا تھا، جیسے اس نے میرے اندر جھانک لیا ہو۔ اسے اس طرح آسانی سے اپنے اوپر قابض ہوتے دیکھ، میں نے بات بدلنے کے لیے کہا —— کتنے روز یہاں ٹھہروگے؟

اس کی ہنسی سے ایک بار پھر ہمارے گھر کی سجی سنوری فضا دہک گئی، اور مجھے خطرہ ہوا کہ مالا اسی دم وہاں پہنچ کر اس کا منہ نوچ لے گی۔ لیکن یہ خطرہ اس بات کا گواہ ہے کہ اتنے برسوں کی غلامی کے باوجود میں ابھی تک مالا کو پہچان نہیں پایا۔ تھوڑی ہی دیر میں وہ ایک بہت خوب صورت ساڑی پہنے، مسکراتی اٹھلاتی ہمارے سامنے آکھڑی ہوئی۔ ہاتھ جوڑ کر بڑے دلفریب انداز میں نمسکار کرتی ہوئی بولی، 'آپ بہت تھکے ہوئے دکھائی دیتے ہیں، میں نے گرم پانی رکھوا دیا ہے' آپ 'واش' کر لیں، تو کچھ پی کر تازہ دم ہو جائیں۔ کھانا تو ہم لوگ دیر سے ہی کھائیں گے۔'

میں بہت خوش ہوا۔ اب معاملہ مالا نے اپنے ہاتھ میں لے لیا تھا اور میں یوں ہی پریشان ہو رہا تھا۔ من ہوا کہ اٹھ کر مالا کو چوم لوں۔ میں نے کنکھیوں سے اس حرامزادے کی طرف دیکھا وہ واقعی سہما ہوا سا دکھائی دیا۔ میں نے سوچا اب اگر وہ خود بخود ہی نہ بھاگ اٹھا تو میں سمجھوں گا کہ مالا کی ساری سمجھ سیکھ اور رنگ روپ بے کار ہے۔ کتنا لطف آئے اگر وہ کم بخت بھی بھاگ کھڑا ہونے کے بجائے مالا کے داؤں میں پھنس جائے، اور پھر میں اس سے پوچھوں —— اب بتا، سالے، اب بات سمجھ میں آئی؟ میں نے آنکھیں بند کر لیں اور اسے

مالا کے اِرد گرد ناچتے ہوئے، اس پر فدا ہوتے ہوئے، اس کے ساتھ لیٹے ہوئے دیکھا۔ ایک عجیب راحت کا احساس ہوا۔ آنکھیں کھولیں تو وہ غسل خانہ میں جا چکا تھا اور مالا جھکی ہوئی صوفے کو ٹھیک کر رہی تھی۔ میں نے اس کی آنکھوں میں آنکھیں ڈال کر مسکرانے کی کوشش کی، لیکن پھر اس کی تنی ہوئی صورت سے گھبرا کر نظریں جھکا لیں۔ ظاہر تھا کہ اس نے ابھی مجھے معاف نہیں کیا تھا۔

نہاکر وہ باہر نکلا، تو اس نے میرے کپڑے پہنے ہوئے تھے۔ اس بیچ مالا نے بیئر نکال لی تھی اور اس کا گلاس بھرتے ہوئے پوچھ رہی تھی — ' آپ کھانے میں مرچ کم لیتے ہیں یا زیادہ؟ ' میں نے بہت مشکل سے ہنسی پر قابو کیا — اس سالے کو تو کھانا ہی کب ملتا ہوگا، میں سوچ رہا تھا اور مالا کی ہوشیاری پر خوش ہو رہا تھا۔

کچھ دیر ہم بیٹھے پیتے رہے، مالا اس سے گھل مل کر باتیں کرتی رہی، اس سے چھوٹے چھوٹے سوال پوچھتی رہی — آپ کو یہ شہر کیسا لگا؟ بیئر ٹھنڈی تو ہے نا؟ آپ اپنا سامان کہاں چھوڑ آئے — اور وہ بغلیں جھانکتا رہا۔ ہمارے بچوں نے آکر اپنے 'انکل' کو گریٹ کیا، باری باری اس کے گھٹنوں پر بیٹھ کر اپنا نام وغیرہ بتایا، ایک دو گانے گائے اور پھر 'گڈ نائٹ' کہہ کر اپنے کمرے میں چلے گئے۔ مالا کی میٹھی باتوں سے یوں لگ رہا تھا جیسے ہمارے اپنے ہی حلقے کا کوئی بے تکلف دوست کچھ دنوں کے لیے ہمارے پاس آ ٹھہرا ہو اور اس کی بڑی سی گاڑی ہمارے دروازے کے سامنے کھڑی ہو۔

میں بہت خوش ہوا تھا، اور جب مالا کھانا لگوانے کے لیے باہر گئی، تو اس شام پہلی بار میں نے بے دھڑک اس کمینے کی طرف دیکھا۔ وہ تین چار گلاس بیئر کی پی چکا تھا اور اس کے چہرے کی زردی کچھ کم ہو چکی تھی۔ لیکن اس کی مسکراہٹ میں مالا کے باہر جاتے ہی پھر وہی زہر اور چیلنج آگیا تھا، اور مجھے محسوس ہوا جیسے وہ کہہ رہا ہو — بیوی تمھاری مجھے پسند ہے، لیکن بیٹے! اسے خبردار کر دو، میں اتنا پلپلا نہیں جتنا وہ سمجھتی ہے۔

ایک لمحے کے لیے پھر میرا جوش سرد پڑ گیا۔ لگا جیسے بات اتنی آسانی سے

سلجھنے والی نہیں۔ یاد آیا کہ خوب صورت اور شوخ عورتیں اس زمانے میں بھی اسے بہت پسند تھیں، لیکن ان کا جادو زیادہ دیر تک نہیں چلتا تھا۔ پھر بھی، میں نے سوچا، بات اب میرے ہاتھ سے نکل گئی ہے، اور سوا انتظار کے میں اور کچھ نہیں کر سکتا تھا۔

کھانا اس روز بہت عمدہ بنا تھا اور کھانے کے بعد مالا خود اسے اس کے کمرے تک چھوڑنے گئی تھی۔ لیکن اس رات میرے ساتھ مالا نے کوئی بات نہیں کی۔ میں نے کئی مذاق کیے، کہا — نہا دھو کر وہ کافی اچھا لگ رہا تھا، کیوں؟ بہت چھیڑ چھاڑ کی، کئی کوششیں کیں کہ صلح نامہ ہو جائے، لیکن اس نے مجھے اپنے پاس پھٹکنے نہیں دیا۔ نیند اس رات مجھے نہیں آئی، پھر بھی اندر سے اطمینان تھا کہ کسی نہ کسی طرح مالا دوسرے روز اسے بھگا سکنے میں ضرور کامیاب ہو جائے گی۔

لیکن میرا اندازہ غلط نکلا۔ مانا کہ مالا بہت چالاک ہے، بہت سمجھدار ہے، بہت من موہنی ہے، لیکن اس حرامزادے کی ڈھٹائی کا بھی کوئی مقابلہ نہیں۔ تین دن تک مالا اس کی خاطر تواضع کرتی رہی۔ میرے کپڑوں میں وہ اب بالکل مجھ جیسا ہو گیا تھا، لیکن نظریوں آتا تھا جیسے مالا کے دوپٹی ہوں۔ میں تو صبح سویرے گاڑی لے کر دفتر کو نکل جاتا تھا، پیچھے ان دونوں میں نہ جانے کیا باتیں ہوتی تھیں، لیکن جب کبھی اسے موقع ملتا وہ مجھے اندر لے جا کر ڈانٹنے لگتی — اب یہ مُردار یہاں سے نکلے گا بھی کہ نہیں۔ جب تک یہ گھر میں ہے، ہم کسی کو نہ تو بُلا سکتے ہیں، نہ کسی کے یہاں جا سکتے ہیں۔ میرے بچے کہتے ہیں کہ اِسے بات کرنے تک کی تمیز نہیں۔ آخر یہ چاہتا کیا ہے۔

میں اُسے کیا بتاتا کہ وہ کیا چاہتا ہے۔ کبھی کہتا — تھوڑا صبر اور کرو، اب جانے کی سوچ رہا ہوگا۔ کبھی کہتا — کیا بتاؤں، میں تو خود شرمندہ ہوں، کبھی کہتا — تم نے خود ہی تو اُسے سر پر چڑھا لیا ہے۔ اگر تمھارا برتاؤ روکھا ہوتا تو ...

مالا نے اپنا برتاؤ تو نہیں بدلا، لیکن چوتھے روز اپنے بچوں سمیت گھر چھوڑ کر اپنے بھائی کے یہاں چلی گئی۔ میں نے بہت روکا، لیکن وہ نہیں مانی۔ اس روز وہ

کم بخت بہت ہنسا تھا، زور زور سے، بار بار۔

آج مالا کو گئے پانچ روز ہو گئے ہیں۔ میں نے دفتر جانا چھوڑ دیا ہے۔ وہ پھر اپنے اصلی رنگ میں آگیا ہے۔ میرے کپڑے اتار کر اس نے پھر اپنا وہ میلا سا کرتا پاجامہ پہن لیا ہے۔ کہتا کچھ نہیں، لیکن میں جانتا ہوں کہ وہ کیا چاہتا ہے— وہ موقع پھر ہاتھ نہیں آئے گا۔ وہ چلی گئی ہے۔ بہتر یہی ہے کہ اس کے لوٹنے سے پہلے تم بھی یہاں سے بھاگ چلو۔ اس کی فکر مت کرو، وہ اپنا انتظام خود کر لے گی۔

اور آج آخر میں اسے تھوڑی دیر کے لیے بے ہوش کر دینے میں کامیاب ہو گیا۔ اب میرے سامنے دو راستے ہیں۔ ایک یہ کہ ہوش آنے سے پہلے میں اسے جان سے مار ڈالوں۔ اور دوسرا یہ کہ اپنا ضروری سامان باندھ کر تیار ہو جاؤں اور جوں ہی اسے ہوش آئے، ہم دونوں پھر اسی راستے پر چل دیں، جس سے بھاگ کر کچھ برس پہلے میں نے مالا کی گود میں پناہ لی تھی۔ اگر مالا اس وقت یہاں ہوتی تو وہ کوئی تیسرا راستہ بھی نکال لیتی۔ لیکن وہ نہیں ہے، اور میں نہیں جانتا کہ میں کیا کروں۔

امر کانت

دوپہر کا بھوجن

سدھیشوری نے کھانا بنانے کے بعد چولہے کو بجھا دیا اور دونوں گھٹنوں کے درمیان سر رکھ کر شاید پیر کی انگلیوں یا زمین پر چلتے چینٹے، چینٹیوں کو دیکھنے لگی۔ اچانک اسے معلوم ہوا کہ بہت دیر سے اسے پیاس لگی ہے۔ وہ متوالے کی طرح اٹھی اور گگرے سے لوٹا بھر پانی لے کر غٹ غٹ چڑھا گئی۔ خالی پانی اس کے کلیجے میں لگ گیا اور وہ 'ہائے رام' کہہ کر زمین پر لیٹ گئی۔

لگ بھگ آدھے گھنٹے تک وہیں اسی طرح پڑی رہنے کے بعد اس کے جی میں جی آیا۔ وہ بیٹھ گئی، آنکھوں کو مل مل کر اِدھر اُدھر دیکھا اور پھر اس کی نگاہ برامدے میں ادھ ٹوٹے کھٹولے پر سوئے اپنے چھ سالہ لڑکے پرمود پر جم گئی۔ لڑکا ننگ دھڑنگ پڑا تھا۔ اس کے گلے اور چھاتی کی ہڈیاں صاف دکھائی دیتی تھیں۔ اس کے ہاتھ پاؤں باسی ککڑیوں کی طرح سوکھے اور بے جان پڑے تھے اور اس کا پیٹ ہنڈیا کی طرح پھولا ہوا تھا۔ اس کا منہ کھلا ہوا تھا اور اس پر بے شمار مکھیاں اڑ رہی تھیں۔

وہ اٹھی، بچے کے منہ پر اپنا ایک پھٹا، گندا بلاؤز ڈال دیا اور ایک آدھ منٹ سُن کھڑی رہنے کے بعد باہر دروازے پر جاکر کواڑ کی آڑ سے گلی دیکھنے لگی۔ بارہ بج چکے تھے۔ دھوپ کافی تیز تھی اور کبھی کبھی ایک دو آدمی سر پر تولیا یا گمچھا رکھے ہوئے یا مضبوطی سے چھاتا تانے ہوئے پھرتی کے ساتھ لپکتے ہوئے سامنے

سے گزر جاتے۔

دس پندرہ منٹ تک وہ اسی طرح کھڑی رہی، پھر اس کے چہرے پر بے چینی پھیل گئی اور اس نے آسمان و سخت دھوپ کی طرف فکر مند ہو کر دیکھا۔ ایک دو لمحے پر جب اس نے سر کو کواڑ سے کافی آگے بڑھا کر گلی کے کنارے کی طرف دیکھا، تو اس کا بڑا لڑکا رام چندر دھیرے دھیرے گھر کی طرف سرکتا نظر آیا۔

اس نے پھرتی سے ایک لوٹا پانی برآمدے کی چوکی کے پاس نیچے رکھ دیا اور چوکے میں جا کر کھانے کی جگہ کو جلدی جلدی پانی سے پیچھے پونچھنے لگی۔ وہاں پیڑھا رکھ کر اس نے سر کو دروازے کی طرف گھمایا ہی تھا کہ رام چندر نے اندر قدم رکھا۔

رام چندر آکر دھم سے چوکی پر بیٹھ گیا اور پھر وہیں بے جان سا لیٹ گیا۔ اس کا منہ سرخ اور چڑھا ہوا تھا۔ اس کے بال بکھرے ہوئے تھے اور اس کے پھٹے پرانے جوتوں پر گرد جمی ہوئی تھی۔

سدھیشوری کی پہلے ہمت نہیں ہوئی کہ اس کے پاس جائے اور وہ وہیں سے خوفزدہ ہرنی کی طرح سر اُچکا گھما کر بیٹے کو بے چینی سے دیکھتی رہی۔ لیکن لگ بھگ دس منٹ گزر جانے کے بعد بھی جب رام چندر نہیں اٹھا، تو وہ گھبرا گئی۔ پاس جا کر پُکارا، 'بڑکو، بڑکو' لیکن اس کے کچھ جواب نہ دینے پر ڈر گئی اور لڑکے کی ناک کے پاس ہاتھ رکھ دیا۔ سانس ٹھیک سے چل رہی تھی۔ پھر سر پر ہاتھ رکھ کر دیکھا، بخار نہیں تھا۔ ہاتھ کے لمس سے رام چندر نے آنکھیں کھولیں۔ پہلے اس نے ماں کی طرف شکست نظروں سے دیکھا، پھر جھٹ سے اٹھ بیٹھا۔ جوتے نکالنے اور نیچے رکھے لوٹے کے پانی سے ہاتھ پیر دھونے کے بعد وہ مشین کی طرح چوکی پر آکر بیٹھ گیا۔

سدھیشوری نے ڈرتے ڈرتے پوچھا، 'کھانا تیار ہے' یہیں لاؤں کیا؟'

رام چندر نے اٹھتے ہوئے سوال کیا، 'بابوجی کھا چکے؟'

سدھیشوری نے چوکے کی طرف بھاگتے ہوئے جواب دیا، 'آتے ہی ہوں گے۔'

رام چندر پیڑھے پر بیٹھ گیا۔ اس کی عمر تقریباً اکیس برس تھی۔ لمبا، دُبلا پتلا، گورا رنگ، بڑی بڑی آنکھیں اور ہونٹوں پر جھرّیاں۔ وہ ایک مقامی روزنامے کے

دفتر میں اپنی طبیعت سے پروف ریڈری کا کام سیکھنا تھا۔ پچھلے سال ہی اس نے انٹر پاس کیا تھا۔

سدھیشوری نے کھانے کی تھالی لاکر سامنے رکھ دی اور پاس ہی بیٹھ کر پنکھا جھلنے لگی۔ رام چندر نے کھانے کی طرف فلسفیوں کی طرح دیکھا۔ کل دو روٹیاں، ایک کٹورہ پانی والی دال اور چنے کی تلی ترکاری۔

رام چندر نے روٹی کے پہلے لقمے کو نگلتے ہوئے پوچھا، 'موہن کہاں ہے؟ بڑی سخت دھوپ ہو رہی ہے۔'

موہن سدھیشوری کا منجھلا لڑکا تھا۔ اس کی عمر اٹھارہ برس تھی اور وہ اس سال ہائی اسکول کا پرائیویٹ امتحان دینے کی تیاری کر رہا تھا۔ وہ نہ معلوم کب سے گھر سے غائب تھا اور سدھیشوری کو خود معلوم نہیں تھا کہ وہ کہاں گیا ہے۔

لیکن سچ بولنے کی اس کی طبیعت نہیں ہوئی اور اس نے جھوٹے ہی کہا، 'کسی لڑکے کے یہاں پڑھنے گیا ہے' آتا ہی ہوگا، دماغ اس کا بڑا ہی تیز ہے اور اس کی طبیعت چوبیسوں گھنٹے پڑھنے میں ہی لگی رہتی ہے۔ ہمیشہ اسی کی بات کرتا رہتا ہے۔'

رام چندر نے کچھ نہیں کہا۔ ایک ٹکڑا منہ میں رکھ کر بھرا گلاس پانی پی گیا، پھر کھانے میں لگ گیا۔ وہ کافی چھوٹے چھوٹے ٹکڑے توڑ کر انھیں دھیرے دھیرے چبا رہا تھا۔

سدھیشوری خوف اور دہشت سے اپنے بیٹے کو ایک ٹک دیکھ رہی تھی۔ کچھ پل بیتنے کے بعد ڈرتے ڈرتے اس نے پوچھا، 'وہاں کچھ ہوا کیا؟'

رام چندر نے اپنی بڑی بڑی جذبات سے محروم آنکھوں سے اپنی ماں کو دیکھا، پھر سر نیچا کر کے کچھ رُکھائی سے بولا، 'وقت آنے پر سب ٹھیک ہو جائے گا۔'

سدھیشوری چپ رہی۔ دھوپ اور تیز ہو گئی تھی۔ چھوٹے آنگن کے اوپر آسمان میں بادل کے ایک دو ٹکڑے پال کی ناؤ کی طرح تیر رہے تھے۔ باہر کی گلی سے گزرتے ہوئے کھڑکھڑیا یکّے کی آواز آ رہی تھی اور کھٹولے پر سوئے لڑکے کی سانس کا کھر کھر سنائی دے رہا تھا۔

رام چندر نے اچانک خاموشی کو توڑتے ہوئے پوچھا، 'پرمود کھا چکا؟'
سدھیشوری نے پرمود کی طرف دیکھتے ہوئے اداس آواز میں جواب دیا، 'ہاں، کھا چکا۔'
'رویا تو نہیں تھا؟'
سدھیشوری پھر جھوٹ بول گئی، 'آج تو سچ مچ نہیں رویا۔ وہ بڑا ہی ہوشیار ہو گیا ہے۔ کہتا تھا، بڑکا بھیّا کے یہاں جاؤں گا۔ ایسا لڑکا...'
لیکن وہ آگے کچھ نہ بول سکی، جیسے اس کے گلے میں کچھ پھنس گیا۔ کل پرمود نے ریوڑی کھانے کی ضد پکڑ لی تھی اور اس کے لیے ڈیڑھ گھنٹے تک رونے کے بعد سویا تھا۔
رام چندر نے کچھ حیرت کے ساتھ اپنی ماں کی طرف دیکھا اور پھر سر نیچا کر کے کچھ تیزی سے کھانے لگا۔
تھالی میں جب روٹی کا صرف ایک ٹکڑا بچا رہ گیا، تو سدھیشوری نے اٹھنے کا بہانہ کرتے ہوئے سوال کیا، 'ایک روٹی اور لاتی ہوں؟'
رام چندر ہاتھ سے منع کرتے ہوئے بڑبڑا کر بول پڑا، 'نہیں، نہیں، ذرا بھی نہیں۔ میرا پیٹ پہلے ہی بھر چکا ہے۔ میں تو یہ بھی چھوڑنے والا ہوں۔ بس، اب نہیں۔'
سدھیشوری نے ضد کی، 'اچھا، آدھی ہی سہی۔'
رام چندر بگڑ اٹھا، 'زیادہ کھلا کر بیمار ڈالنے کی طبیعت ہے کیا؟ تم لوگ ذرا بھی نہیں سوچتے ہو۔ بس، اپنی ضد۔ بھوک رہتی تو کیا لے نہیں لیتا؟'
سدھیشوری جہاں کی تہاں بیٹھی ہی رہ گئی۔ رام چندر نے تھالی میں بچے ٹکڑے سے ہاتھ کھینچ لیا اور لوٹے کی طرف دیکھتے ہوئے کہا، 'ماں، پانی لاؤ۔'
سدھیشوری لوٹا لے کر پانی لینے چلی گئی۔ رام چندر نے کٹورے کو انگلیوں سے بجایا، پھر ہاتھ کو تھال میں رکھ دیا۔ ایک دو لمحے بعد روٹی کے ٹکڑے کو دھیرے سے ہاتھ سے اٹھا کر آنکھ سے بغور دیکھا اور آخر میں اِدھر اُدھر دیکھنے کے بعد ٹکڑے کو منہ میں اس سادگی سے رکھ لیا جیسے وہ کھانے کا لقمہ نہ ہو کر پان کا بیڑہ ہو۔

منجھلا لڑکا موہن آتے ہی ہاتھ پیر دھو کر پیڑھے پر بیٹھ گیا۔ وہ کچھ سانولا تھا اور اس کی آنکھیں چھوٹی تھیں۔ اس کے چہرے پر چیچک کے داغ تھے۔ وہ اپنے بھائی ہی کی طرح دبلا پتلا تھا، لیکن اتنا لمبا نہ تھا۔ وہ عمر کی بہ نسبت کہیں زیادہ سنجیدہ اور اداس دکھائی پڑ رہا تھا۔

سدھیشوری نے اس کے سامنے تھالی رکھتے ہوئے سوال کیا، 'کہاں رہ گئے تھے بیٹا؟ بھیّا پوچھ رہا تھا۔'

موہن نے روٹی کے ایک بڑے لقمے کو نگلنے کی کوشش کرتے ہوئے غیر فطری موٹی آواز میں جواب دیا، 'کہیں تو نہیں گیا تھا۔ یہیں پر تھا۔'

سدھیشوری وہیں بیٹھ کر پنکھا ڈلاتی ہوئی اس طرح بولی، جیسے خواب میں بڑبڑا رہی ہو، 'بڑکا تمھاری بڑی تعریف کر رہا تھا۔ کہہ رہا تھا، موہن بڑا دماغی ہوگا، اس کی طبیعت چوبیسوں گھنٹے پڑھنے میں ہی لگی رہتی ہے۔' یہ کہہ کر اس نے اپنے منجھلے لڑکے کی طرف اس طرح دیکھا، جیسے اس نے کوئی چوری کی ہو۔

موہن اپنی ماں کی طرف دیکھ کر پھیکی ہنسی ہنس پڑا اور پھر کھانے میں جُٹ گیا۔ وہ نکالی گئی دو روٹیوں میں سے ایک روٹی، کٹورے کی تین چوتھائی دال زیادہ ترکاری صاف کر چکا تھا۔

سدھیشوری کی سمجھ میں نہیں آیا کہ وہ کیا کرے۔ ان دونوں لڑکوں سے اسے بہت ڈر لگتا تھا۔ اچانک اس کی آنکھیں بھر آئیں۔ وہ دوسری طرف دیکھنے لگی۔

تھوڑی دیر بعد اس نے موہن کی طرف منہ پھیرا، تو لڑکا لگ بھگ کھانا ختم کر چکا تھا۔

سدھیشوری نے چونکتے ہوئے پوچھا، 'ایک روٹی دیتی ہوں؟'

موہن نے رسوئی کی طرف پُر اسرار آنکھوں سے دیکھا، پھر سست آواز میں بولا، 'نہیں۔'

سدھیشوری نے گڑگڑاتے ہوئے کہا، 'نہیں بیٹا، میری قسم، تھوڑی ہی لے لو۔ بھیّا نے ایک روٹی لی تھی۔'

موہن نے اپنی ماں کو غور سے دیکھا، پھر دھیرے دھیرے اس طرح جواب دیا،

جیسے کوئی استاد اپنے شاگرد کو سمجھاتا ہے، 'نہیں رے، بس۔ اوّل تو اب بھوک نہیں۔ پھر روٹیاں تو نے ایسی بنائی ہیں کہ کھائی نہیں جاتیں۔ نہ معلوم کیسی لگ رہی ہیں۔ خیر، اگر تو چاہتی ہی ہے تو، کٹورے میں تھوڑی دال دے دے۔ دال بڑی اچھی بنی ہے۔'

سدھیشوری سے کچھ کہتے نہ بنا اور اس نے کٹورے کو دال سے بھر دیا۔

موہن کٹورے کو منہ سے لگا کر سُڑ سُڑ پی رہا تھا کہ منشی چندریکا پرساد جوتوں کو کھس کھس گھسیٹتے ہوئے آئے اور رام کا نام لے کر چوکی پر بیٹھ گئے۔ سدھیشوری نے ماتھے پر ساڑی کو کچھ نیچے کھسکا لیا اور موہن دال کو ایک سانس میں پی کر اور پانی کے لوٹے کو ہاتھ میں لے کر تیزی سے باہر چلا گیا۔

دو روٹیاں، کٹورہ بھر دال اور چنے کی تلی ترکاری۔ منشی چندریکا پرساد پیڑھے پر پالتھی مار کر بیٹھے روٹی کے ایک ایک ٹکڑے کو اس طرح چبا رہے تھے، جیسے بوڑھی گائے جگالی کرتی ہے۔ ان کی عمر پینتالیس سال کے لگ بھگ تھی، لیکن پچاس پچپن کے لگتے تھے۔ جسم کا چمڑہ جھولنے لگا تھا، گنجی کھوپڑی آئینے کی طرح چمک رہی تھی۔ گندی دھوتی کے اوپر بہ نسبت کچھ صاف بنیان تار تار لٹک رہی تھی۔

منشی جی نے کٹورے کو ہاتھ میں لے کر دال کو تھوڑا سڑکتے ہوئے پوچھا، 'بڑکا دکھائی نہیں دے رہا۔'

سدھیشوری کی سمجھ میں نہیں آ رہا تھا کہ اس کے دل میں کیا ہو گیا ہے —— جیسے کچھ کاٹ رہا ہو۔ پنکھے کو ذرا اور زور سے گھماتی ہوئی بولی، ' ابھی ابھی کام پر گیا ہے۔ کہہ رہا تھا کہ کچھ دنوں میں نوکری لگ جائے گی۔ ہمیشہ 'بابوجی، بابوجی' کیے رہتا ہے۔ بولا: بابوجی دیوتا کے سمان ہیں۔'

منشی جی کے چہرے پر کچھ چمک آئی۔ شرماتے ہوئے پوچھا، ' ایں، کیا کہتا تھا کہ بابوجی دیوتا کے سمان ہیں؟ بڑا پاگل ہے۔'

سدھیشوری پر جیسے نشہ چڑھ گیا تھا۔ ہسٹریا کی مریض کی طرح بڑبڑانے لگی۔ 'پاگل نہیں ہے، بڑا ہوشیار ہے۔ اس زمانے کا کوئی مہاتما ہے۔ موہن تو اس کی

بڑی عزت کرتا ہے۔ آج کہہ رہا تھا کہ بھیّا کی شہر میں بڑی عزت ہوتی ہے، پڑھنے لکھنے والوں میں کافی قدر ہے اور بڑکا تو چھوٹے بھائیوں پر جان دیتا ہے۔ دنیا میں وہ سب کچھ سہہ سکتا ہے، لیکن یہ نہیں دیکھ سکتا کہ اس کے پرمود کو کچھ ہو جائے۔'

منشی جی دال لگے ہاتھ کو چاٹ رہے تھے۔ انھوں نے سامنے کے طاق کی طرف دیکھتے ہوئے کچھ ہنس کر کہا، 'بڑکا کا دماغ تو خیر کافی تیز ہے ویسے لڑکپن میں بڑا نٹ کھٹ بھی تھا۔ ہمیشہ کھیل کود میں لگا رہتا تھا، لیکن یہ بھی بات تھی کہ جو سبق میں اسے یاد کرنے کو دیتا تھا، اسے برّاق رکھتا تھا۔ اصل تو یہ ہے کہ تینوں لڑکے کافی ہوشیار ہیں۔ پرمود کو کم سمجھتی ہو؟' یہ کہہ کر وہ اچانک زور سے ہنس پڑے۔

منشی جی ڈیڑھ روٹی کھا چکنے کے بعد ایک ٹکڑے سے جنگ کر رہے تھے۔ کچھ مشکل ہونے پر ایک گلاس پانی چڑھا گئے۔ پھر کھر کھر کھانس کر کھانے لگے۔

پھر خاموشی چھا گئی۔ دور سے کسی آٹے کی چکّی کی پُک پُک آواز سنائی دے رہی تھی اور پاس کے نیم کے پیڑ پر بیٹھا کوئی پنڈوک لگاتار بول رہا تھا۔

سدھیشوری کی سمجھ میں نہیں آ رہا تھا کہ کیا کہے۔ وہ چاہتی تھی کہ سبھی چیزیں ٹھیک سے پوچھ لے۔ سبھی چیزیں ٹھیک سے جان لے اور دنیا کی ہر چیز پر پہلے کی طرح دھڑلّے سے بات کرے، لیکن اس کی ہمت نہیں ہوتی تھی۔ اس کے دل میں نہ جانے کیسا خوف سمایا ہوا تھا۔

اب منشی جی اس طرح چپ چاپ دُبکے ہوئے کھا رہے تھے، جیسے پچھلے دو دنوں سے چُپ کا روزہ رکھا ہو اور اسے کہیں جا کر آج شام کو توڑنے والے ہوں۔

سدھیشوری سے جیسے نہیں رہا گیا۔ بولی، 'معلوم ہوتا ہے، اب بارش نہیں ہوگی۔'

منشی جی نے ایک پل کے لیے اِدھر اُدھر دیکھا، پھر بے خیالی کے عالم میں رائے دی، 'مکھیاں بہت ہو گئی ہیں۔'

سدھیشوری نے تجسس ظاہر کیا، 'پھوپھا جی بیمار ہیں، کوئی خبر نہیں آئی۔'

منشی جی نے چنے کے دانوں کی طرف اس دلچسپی سے دیکھا، جیسے ان سے

بات چیت کرنے والے ہوں۔ پھر اطلاع دی، ' گنگا شرن بابو کی لڑکی کی شادی طے ہوگئی۔ لڑکا ایم۔ اے پاس ہے۔'

سدھیشوری اچانک چُپ ہوگئی۔ منشی جی بھی آگے کچھ نہیں بولے۔ ان کا کھانا ختم ہوگیا تھا اور وہ تھالی میں بچے کھچے دانوں کو بندر کی طرح بین رہے تھے۔

سدھیشوری نے پوچھا، ' بڑکا کی قسم، ایک روٹی دیتی ہوں۔ ابھی بہت سی ہیں۔'

منشی جی نے بیوی کی طرف ملزم کی طرح اور رسوئی کی طرف کنکھی سے دیکھا۔ پھر کسی گھٹے استاد کی طرح بولے،' روٹی ... رہنے دو، پیٹ کافی بھر چکا ہے۔ اناج اور نمکین چیزوں سے طبیعت اوب بھی گئی ہے۔ تم نے ناحق قسم دلا دی۔ خیر، قسم رکھنے کے لیے لے رہا ہوں۔ گڑ ہوگا کیا؟'

سدھیشوری نے بتایا کہ ہنڈیا میں تھوڑا سا گڑ ہے۔

منشی جی نے خوش ہوکر کہا، ' تو تھوڑے گڑ کا ٹھنڈا رس بناؤ، پیوؤں گا۔ تمھاری قسم بھی رہ جائے گی، ذائقہ بھی بدل جائے گا، ساتھ ہی ساتھ ہاضمہ بھی درست ہوگا۔ ہاں، روٹی کھاتے کھاتے ناک میں دم آگیا ہے۔' یہ کہہ کر وہ قہقہہ لگاکر ہنس پڑے۔

منشی جی سے نپٹنے کے بعد سدھیشوری ان کی جھوٹی تھالی لے کر چوکے کی زمین پر بیٹھ گئی۔ بٹلی کی دال کو کٹورے میں انڈیل دیا، لیکن وہ پورا بھرا نہیں۔ کڑھائی میں تھوڑی سی چنے کی ترکاری بچی تھی، اسے پاس کھینچ لیا۔ روٹیوں کی تھالی کو بھی اس نے پاس کھینچ لیا، اس میں صرف ایک روٹی بچی تھی۔ موٹی، بھدّی اور جلی اس روٹی کو وہ جھوٹی تھالی میں رکھنے جا رہی تھی کہ اس کا دھیان برامدے میں سوئے پرمود کی طرف گیا۔ اس نے لڑکے کو کچھ دیر تک ایک ٹک دیکھا، پھر روٹی کو دو برابر ٹکڑوں میں تقسیم کر دیا۔ ایک ٹکڑے کو تو الگ رکھ دیا اور دوسرے ٹکڑے کو اپنی جھوٹی تھالی میں رکھ لیا۔ اس کے بعد ایک لوٹا پانی لے کر کھانے بیٹھ گئی۔ اس نے پہلا لقمہ منہ میں رکھا۔ اور تب نہ معلوم کہاں سے اس کی

آنکھوں سے ٹپ ٹپ آنسو گرنے لگے۔

سارا گھر مکھیوں سے بھن بھن کر رہا تھا۔ آنگن کی الگنی پر ایک گندی ساڑی ٹنگی تھی، جس میں کئی پیوند لگے ہوئے تھے۔ دونوں بڑے لڑکوں کا کہیں پتہ نہیں تھا۔ باہر کی کوٹھری میں منشی جی اوندھے منہ ہوکر بے فکری کے ساتھ سو رہے تھے، جیسے ڈیڑھ مہینے قبل مکان کرایہ کنٹرول کے محکمے کی کلرکی سے ان کی چھنٹی نہ ہوئی ہو اور شام کو ان کو کام کی تلاش میں کہیں جانا نہ ہو۔

کملیشور

کھوئی ہوئی دِشائیں

سڑک کے موڑ پر لگی ریلنگ کے سہارے چندر کھڑا تھا۔ سامنے، دائیں بائیں آدمیوں کا سیلاب تھا۔ شام ہو رہی تھی اور کناٹ پلیس کی بتیاں جگمگانے لگی تھیں تھکان سے اس کے پیر جواب دے رہے تھے۔ کہیں دور آیا گیا بھی تو نہیں، پھر بھی تھکان سارے جسم میں بھری ہوئی تھی۔ دل اور دماغ اتنا تھکا ہوا تھا کہ لگتا تھا، وہی تھکان دھیرے دھیرے اتر کر تن میں پھیلتی جا رہی ہے۔

پورا دن برباد ہو گیا۔ یہی کھڑا سوچ رہا تھا۔ گھر لوٹنے کو بھی من نہیں کر رہا تھا۔ آتی جاتی ایک سی عورتوں کو دیکھ کر مَن اور بھی اوبنے لگتا تھا۔

بھوک .... پتہ نہیں لگی ہے یا نہیں۔ وہ دماغ پر زور ڈالتا ہے — سویرے آٹھ بجے گھر سے نکلا تھا۔ ایک پیالہ کافی کے علاوہ تو کچھ پیٹ میں گیا نہیں .... اور تب اسے احساس ہوا کہ تھوڑی تھوڑی بھوک لگ رہی ہے۔ دماغ اور پیٹ کا ساتھ ایسا ہو گیا ہے کہ بھوک بھی سوچنے سے لگتی ہے۔

نگاہ دور آسمان پر ٹک جاتی ہے، جہاں چیلیں اڑ رہی ہیں اور موروں کی شکل میں کٹا ہوا آسمان دکھائی دے رہا ہے۔ اس گندلے آسمان کے نیچے جامع مسجد کا گنبد اور مینار دکھائی پڑ رہی ہے، ان کی نوکیں بڑی عجیب سی لگ رہی ہیں۔

پیچھے والی دُکان کے باہر پٹویوں کا اشتہار ہے۔ ریگل بس اسٹاپ کے نیم کے پیڑوں سے دھیرے دھیرے پتیاں جھڑ رہی ہیں۔ بس زوں، زوں کرتی آتی ہیں — ایک پل ٹھٹھکتی ہیں — ایک طرف سے سواریوں کو اگلتی ہیں اور دوسری طرف سے نگل کر آگے بڑھ جاتی ہیں۔ چوراہے پر بتیاں لگی ہیں۔ بتیوں کی آنکھیں لال پیلی ہو رہی ہیں۔ آس پاس سے سیکڑوں لوگ گزرتے ہیں لیکن کوئی اسے نہیں پہچانتا۔ ہر آدمی یا عورت لاپروائی سے دوسروں کو نظر انداز کرتا یا جھوٹے احساس میں ڈوبا ہوا گزر جاتا ہے۔

اور تب اسے اپنا وہ شہر یاد آتا ہے، جہاں سے تین سال پہلے وہ چلا آیا تھا — گنگا کے سنسان کنارے پر بھی اگر کوئی انجان مل جاتا تو نظروں میں پہچان کی ایک جھلک تیر جاتی تھی۔

اور یہ راجدھانی! جہاں سب اپنا ہے، اپنے دیش کا ہے..... لیکن کچھ بھی اپنا نہیں ہے، اپنے دیش کا نہیں ہے

تمام سڑکیں ہیں جن پر وہ جا سکتا ہے، لیکن وہ سڑکیں کہیں نہیں پہنچاتیں۔ ان سڑکوں کے کنارے گھر ہیں، بستیاں ہیں، لیکن کسی بھی گھر میں وہ نہیں جا سکتا۔ ان گھروں کے باہر پھاٹک ہیں، جن پر کتوں سے ہوشیار رہنے کی تنبیہ ہے، پھول توڑنے کی ممانعت ہے، اور گھنٹی بجا کر انتظار کرنے کی مجبوری ہے۔

.... گھر پر نرملا انتظار کر رہی ہوگی۔ وہاں پہنچ کر بھی پہلے مہمان کی طرح کرسی پر بیٹھنا ہوگا، کیوں کہ بستر پر کمرے کا پورا سامان سجا ہوگا اور وہ ہیٹر پر کھانا پکا رہی ہوگی۔ بے لگام وہ ہوا کے جھونکے کی طرح کمرے میں داخل بھی نہیں ہو سکتا اور نہ اُسے باہوں میں لے کر پیار ہی کر سکتا ہے، کیوں کہ گپتا جی ابھی مِل سے لوٹے نہیں ہوں گے اور مسز گپتا بیکاری میں بیٹھی گپ لڑا رہی ہوں گی یا کسی سویٹر کی بُنائی سیکھ رہی ہوں گی۔ اگر وہ چلا بھی گیا تو کمرے میں بہت ادب سے داخل ہوگا، پھر مسز گپتا سے اِدھر اُدھر کی دو چار باتیں کرے گا، تب بیوی کھانا کھانے کی بات کہے گی۔ اور کھانے کی بات سُن کر مسز گپتا گھر جانے کے لیے اٹھیں گی۔ ....

اور پھر اس کے بعد بڑی کھڑکی کا پردہ کھسکانا پڑے گا۔ کسی بہانے کھرانہ کی طرف والی کھڑکی کو بند کرنا پڑے گا۔ گھوم کر میز کے پاس پہنچنا ہوگا اور تب پانی کا ایک گلاس مانگنے کے بہانے وہ بیوی کو بلائے گا، اور تب اسے بانہوں میں لے کر پیار سے یہ کہہ سکنے کا موقع آئے گا — 'بہت تھک گیا ہوں'

لیکن ایسا ہوگا نہیں۔ اتنے لمبے عمل سے گزرنے سے پہلے ہی اس کا من جھنجھلا اٹھے گا اور یہ کہنے پر مجبور ہو جائے گا۔ 'ارے بھئی، کھانے میں کتنی دیر ہے' سارا پیار اور مکمل پہچان نہ جانے کہاں چھپ چکی ہوگی، عجیب سا بیگانہ پن ہوگا۔ بیکری والوں کے یہاں بھرائی آواز میں ریڈیو گا رہا ہوگا اور گلاٹی کے تھکے قدموں کی کھوکھلی آواز زینے پر سنائی پڑے گی۔

گلی میں کوئی اسکوٹر آکر رکے گا اور اس میں سے کوئی بن پہچانا آدمی کسی اور کے گھر میں چلا جائے گا۔ موٹروں کی مرمت کرنے والے گیریج کا مالک سردار چابیاں لے کر گھر جانے کے انتظار میں آدھی رات تک بیٹھا رہے گا کیوں کہ اسے پندرہ سال پرانے کلینک پر بھی شاید یقین نہیں ہے۔

اور سامنے رہنے والے بشن کپور کے آنے کی صرف آہٹ ملے گی۔ پچھلے دو سال سے اس نے صرف ان کے نام کی پلیٹ دیکھی ہے — بشن کپور جرنلسٹ .... اور اس کی شکل کے بارے میں وہ صرف یہ جانتا ہے کہ سامنے والی کھڑکی سے جب بجلی کی روشنی چھننے لگتی ہے اور سگریٹ کا دھواں سلاخوں سے لپٹ لپٹ کر باہر اندھیرے میں ڈوب جاتا ہے تو بشن کپور نام کا ایک آدمی اندر ہوتا ہے اور صبح جب اس کی کھڑکی کے نیچے انڈے کا چھلکا، ڈبل روٹی کا ریپر اور جلی ہوئی سگریٹیں، تیلیاں اور راکھ بکھری ہوئی ہوتی ہیں تو بشن کپور نام کا آدمی جا چکا ہوتا ہے۔

سوچتے سوچتے اسے لگا کہ موزے کی بدبو اور بھی تیز ہوتی جا رہی ہے اور اب ریلنگ کے پاس کھڑا رہنا مشکل ہے۔ جیب سے ڈائری نکال کر اس نے اگلے دن کی ملاقاتوں کے بارے میں جان لینا چاہا۔

.... انگریزی روزنامے میں پہلے فون کرنا ہے، پھر وقت طے کر کے ملنا

ہے۔ ریڈیو میں ایک چکر لگانا ہے۔ پچھلا چیک ریزرو بینک سے کیش کرانا ہے اور گھر ایک منی آرڈر بھیجنا ہے۔ کل کا پورا وقت بھی اسی میں نکل جائے گا، کیوں کہ اخبار کا ایڈیٹر جان پہچان کا نہیں ہے جو فوراً بلالے اور کھل کر بات کر لے اور کوئی بات طے ہو جائے۔ ریڈیو میں بھی کوئی بات دس منٹ میں طے نہیں ہو سکتی اور ریزرو بینک کے کاؤنٹر پر الہ آباد والا امرناتھ نہیں ہے، جو فوراً چیک لے کر روپیہ لا دے۔ ڈاک خانے میں بیوپاریوں کے چپراسیوں کی بھیڑ ہوگی جو دس دس منی آرڈر کے فارم لیے لائن میں کھڑے ہوں گے اور ایک کاغذ پر پوری رقم اور منی آرڈر کمیشن کا میزان لگانے میں مشغول ہوں گے۔ ان میں سے کوئی بھی اسے نہیں پہچانتا ہوگا۔

ایک پل کی جان پہچان کا سلسلہ صرف پین ہوگا، جو کوئی نہ کوئی دو حروف لکھنے کے لیے مانگے گا اور لکھ چکنے کے بعد اپنا خط پڑھتے ہوئے وہ بائیں ہاتھ سے اسے قلم لوٹا کر شاید دھیرے سے تھینک یو کہے گا اور ٹکٹ والے کاؤنٹر کی طرف بڑھ جائے گا۔

اور تب اسے جھلاہٹ سی ہوئی۔ ڈائری ہاتھ میں تھی اور اس کی نگاہیں پھر دور کی اونچی عمارت پر ٹک گئی تھیں، جن پر بجلی کے تاج جگمگا رہے تھے۔ اور ان ناموں میں سے وہ کسی کو نہیں جانتا تھا۔ الہ آباد میں سب سے بڑے کپڑے والے کے بارے میں اتنا تو معلوم تھا کہ پہلے وہ بہت غریب تھا اور کندھے پر کپڑا رکھ کر پھیری لگاتا تھا اور اب اس کا لڑکا ملک سے باہر پڑھنے گیا ہوا ہے اور وہ خود بہت مذہبی آدمی ہے، جو اب ماتھے پر چھاپا تلک لگا کر من مانا منافع وصول کرتا ہے، اور کارپوریشن کا چناؤ لڑنے کی تیاریاں کر رہا ہے۔ یہاں کچھ بھی پتہ نہیں چلتا، کسی کے بارے میں کچھ بھی معلوم نہیں پڑتا۔

کناٹ پلیس میں کھلے ہوئے لان ہیں۔ تنہا پیڑ ہیں اور ان دور دور کھڑے تنہا درختوں کے نیچے میونسپل کارپوریشن کی بنچیں ہیں، جن پر تھکے ہوئے لوگ بیٹھے ہیں اور لان میں ایک آدھ بچے دوڑ رہے ہیں۔ بچوں کی شکلیں اور شرارتیں تو، بہت پہچانی سی لگتی ہیں، لیکن گول گپے کھاتی ان کی ممی اجنبی ہے، کیوں کہ اس کی آنکھوں میں معصومیت اور فخر سے پُر پیار نہیں ہے۔ اس کے جسم میں ممتا کی خوب صورتی

اور تمازت بھی نہیں ہے، اس میں صرف ایک خمار ہے اور ایک بہت بے معنی اور پھٹی ہوئی للکار ہے، جسے نہ تو رد کیا جا سکتا ہے اور نہ قبول کیا جا سکتا ہے ـــــ وہ للکار سب کانوں میں گونجتی ہے اور سب بہروں کی طرح گزر جاتے ہیں۔

لان پر کچھ لمحے بیٹھنے کا جی ہوا لیکن اسے لگا کہ وہاں بھی کوئی ٹھکانہ نہیں، ابھی کل ہی تو چور کی طرح دبے پاؤں گھاس میں بہتا ہوا پانی آیا تھا اور اس کے کپڑے بھیگ گئے تھے۔

تنہا کھڑے درختوں اور ان کے نیچے سمٹے اندھیرے میں عجیب سا خالی پن ہے۔ تنہائی ہی سہی، لیکن اس میں اپنا پن تو ہے۔ وہ بھی کسی کی نہیں ہے کیوں کہ ہر دس منٹ بعد پولس کا آدمی ادھر سے گھومتا ہوا نکل جاتا ہے۔ جھاڑیوں کی سوکھی ٹہنیوں میں آئس کریم کے خالی کاغذ اور چنے کی خالی پوڑیاں الجھی ہوئی ہیں یا کوئی بے گھر آدمی شراب کی خالی بوتل پھینک کر چلا گیا ہے۔

ڈائری پر پھر اس کی نظر جم جاتی ہے، .... اور شور شرابے سے بھرے اس سیلاب میں وہ خود کو بہت تنہا سا محسوس کرتا ہے اور لگتا ہے کہ ان تین سالوں میں ایسا کچھ بھی نہیں ہوا جو اس کا اپنا ہو، جس کی کسک ابھی تک ہو، خوشی یا درد اب بھی موجود ہو، ریگستان کی طرح پھیلی ہوئی تنہائی ہے، انجان سمندر کے کناروں کی خاموشی اور سونا پن ہے اور پچھاڑ کھاتی ہوئی لہروں کا صرف شور ہے، جس سے وہ خاموشی اور بھی گہری ہوتی ہے۔

موزے کی شکل میں کٹا ہوا آسمان ہے اور جامع مسجد کے گنبد کے اوپر چکر کاٹتی ہوئی چیلیں ہیں۔ عورتوں کا پیچھا کرتے ہوئے پھول بیچنے والے اور یتیم بچوں کے ہاتھ میں شام کی خبروں کے اخبار ہیں۔

.... اور تبھی چندر کو لگا کہ ایک عرصہ ہو گیا، ایک زمانہ گزر گیا، وہ خود اپنے سے نہیں مل پایا۔ اپنے سے باتیں کرنے کا وقت ہی نہیں ملا۔ یہ بھی نہیں پوچھا کہ آخر تیرا حال چال کیا ہے اور تجھے کیا چاہیے؟ ہلکی سی مسکراہٹ اس کے ہونٹوں پر آئی اور اس نے ہر جمعہ کے آگے نوٹ کیا ـــــ 'خود سے ملنا ہے۔ شام سات بجے سے

نو بجے تک ! ... اور آج بھی تو جمعہ ہی ہے۔ یہ ملاقات آج ہی ہونی چاہیے۔ گھڑی پر نظر جاتی ہے، سات بجے ہیں لیکن من کا چور حاوی ہو جاتا ہے۔ کیوں نہ ٹی ہاؤس میں ایک پیالہ چائے پی لی جائے ؟ نہ جانے کیوں من اپنے سے ملنے سے گھبراتا ہے۔ رہ رہ کر کتراتا ہے۔

تبھی اسے پار سے آتا ہوا آنند دکھائی دیا۔ وہ اس سے بھی نہیں ملنا چاہتا۔ بڑا ابرامرض ہے آنند کو۔ وہ اس چھوت سے بچا رہنا چاہتا ہے۔ آنند دنیا میں دوست ڈھونڈتا ہے۔ ایک دوست جو زندگی میں گہرے نہ اترے لیکن اس کے ساتھ کچھ دیر رہ سکے اور بات کر سکے۔ اس کی باتوں میں عجیب سا بناوٹی پن ہے، وہ بناوٹی پن جو آدمی کتابوں سے سیکھتا ہے اور اسے لگتا ہے کہ وہی بناوٹی پن خود اس میں بھی کہیں نہ کہیں ہے .... جب کالج اور یونی ورسٹی کے درجوں میں بیٹھ بیٹھ کر وہ کتابوں سے زندگیوں کے بھرے ہوئے تفصیلات پڑھ رہا تھا۔

اور اب آج اسے لگتا ہے کہ وہ سارا وقت بڑی بے رحمی سے برباد کیا گیا ہے۔ اس نے ان کھنڈروں میں وقت برباد کیا ہے جن کے قصے نیم تعلیم یافتہ گائڈس کی زبان پر رہتے ہیں، جو ہر بار ان مری ہوئی کہانیوں کو ہر دیکھنے والے کے سامنے دہراتے جاتے ہیں — 'یہ دیوانِ خاص ہے، ذرا نقاشی دیکھیے' یہاں ہیرے جواہرات سے جڑا تخت تھا، یہ زنانہ حمام ہے اور یہ وہ جگہ ہے جہاں سے بادشاہ اپنی رعایا کو درشن دیتے تھے، یہ محل سردیوں کا ہے، یہ برسات کا ہے اور یہ ہوادار محل گرمیوں کا اور ادھر آیئے سنبھل کے، یہ وہ جگہ ہے جہاں پھانسی دی جاتی تھی !

چندر کو لگا، زندگی کے پچیس سال وہ ان گائڈوں کے ساتھ کھنڈروں میں بتا کر آیا ہے، جن کی زندہ کہانیوں کو وہ کبھی نہیں جان پایا، صرف دیوانِ خاص اسے دکھایا گیا، نقاشی دکھائی گئی اور زنانے حمام میں گھما کر گائڈ نے اسے پھانسی والے اندھیرے اور بدبودار کمرے میں چھوڑ دیا، جہاں چمگادڑ لٹکے ہوئے بلبلا رہے ہیں اور ایک بہت پرانی تاریخی رسّی لٹک رہی ہے جس کا پھندا گردن میں کس جاتا ہے اور آدمی جھول جاتا ہے اور اس کے بعد اندھے کنویں میں پھینکی گئی صرف وہ لاشیں رہ جاتی ہیں۔

اس میں اور ان میں کوئی فرق نہیں ہے۔

اور آنند بھی ان سے الگ نہیں ہے۔ چندر کترا جانا چاہتا ہے کیوں کہ آنند آتے ہی کتابی طریقے سے کہے گا، 'یار، تمھارے بال بہت خوب صورت ہیں، برلکریم لگاتے ہو؟ لڑکیاں تو تباہ ہو جاتی ہوں گی۔'

اور تبھی چندر کو سامنے پاکر آنند رُک جاتا ہے، 'ہیلو، یہاں کیسے؟ کیوں لڑکیوں پر ظلم ڈھا رہے ہو؟' سُن کر اسے ہنسی آجاتی ہے۔

'کدھر سے آرہے ہو؟' ڈائری جیب میں رکھتے ہوئے وہ پوچھتا ہے۔

'آج تو یوں ہی پھنس گئے، آؤ ایک پیالہ کافی ہو جائے۔' آنند کہتا ہے، پھر ایک لمحے رک کر وہ دوسری بات سجھاتا ہے، 'یا اور کچھ....'

چندر اس کا مطلب سمجھ کر نا کر دیتا ہے۔ وہ زور دیتا ہے، 'چلو پھر آج تو ہو ہی جائے، کیا رکھا ہے اس زندگی میں؟' کہتے ہوئے وہ جھوٹی ہنسی ہنستا ہے اور دھیرے سے ہاتھ دبا کر پوچھتا ہے، 'پلیز، اف یو ڈونٹ مائنڈ، کچھ پیسے ہیں؟' اس کے کہنے میں کوئی جھجک نہیں ہے اور نہ اُسے شرم ہی آتی ہے۔ بڑی سیدھی سی بات ہے، پیسے کم ہیں۔

'اچھا پارٹنر، میں ابھی انتظام کر کے آیا،' وہ اعتماد کو موثر بناتا ہوا کہتا ہے، 'یہیں رکنا، چلے مت جانا!' اور وہ جاتا ہے تو پھر نہیں آتا۔

چندر یہ پہلے سے جانتا ہے۔

کچھ دیر بعد وہ ٹی ہاؤس میں داخل ہو جاتا ہے اور میزوں کے پاس چکر کاٹتا ہوا کونے والے کاؤنٹر سے سگریٹ کا پیکٹ لے کر ایک میز پر جم جاتا ہے۔

'ہیلو!' کوئی ایک نیم شناسا چہرہ کہتا ہے، 'بہت دنوں بعد ادھر آنا ہوا!' اور وہ بھی وہیں بیٹھ جاتا ہے۔ دونوں کے پاس بات کرنے کے لیے کچھ بھی نہیں ہے۔ ٹی ہاؤس میں بے پناہ شور ہے۔ کھوکھلی ہنسی کے ٹھہاکے اور دیوار پر ایک گھڑی ہے، جو ہمیشہ وقت سے آگے چلتی ہے۔ تین راستے باہر سے آنے اور جانے کے لیے ہیں اور چوتھا راستہ باتھ روم جاتا ہے۔ باتھ روم کے پاٹ میں فنائل کی گولیاں پڑی ہیں اور گیلری میں ایک شیشہ لگا ہوا ہے۔ ہر وہ آدمی جو باتھ روم

جاتا ہے، اس شیشے میں اپنا منہ دیکھ کر لوٹتا ہے۔

گیلارڈ میں ڈنر ڈانس کی تیاری ہو رہی ہے۔ کرسیوں کی تین قطاریں باہر نکال کر رکھ دی گئی ہیں۔ اُدھر وولگا پر بدیشیوں کی بھیڑ بڑھ رہی ہوگی۔

اور تبھی ایک جوڑا اندر آتا ہے۔ عورت سجی دھجی ہے اور جوڑے میں پھول بھی ہے۔ آدمی کے چہرے پر عجیب سا غرور ہے اور وہ دونوں فیملی والے سیٹ پر آمنے سامنے بیٹھ جاتے ہیں۔ بیٹھنے سے پہلے ان میں کوئی تعلق نظر نہیں آرہا تھا۔ صرف اتنا کہ جب عورت بیٹھنے کے لیے مڑی تھی تو ساتھ والے آدمی نے اس کی کمر پر ہاتھ رکھ کر صرف سہارا دیا تھا۔ اتنا سا ساتھ تھا دونوں میں۔

ان کے پاس بھی شاید بات کرنے کے لیے کچھ نہیں ہے۔

عورت اپنا جوڑا ٹھیک کرتے ہوئے اوروں کو دیکھ رہی ہے اور ساتھ والا آدمی پانی کے گلاس کو دیکھ رہا ہے۔ کسی کے دیکھنے میں کوئی مطلب نہیں ہے۔ آنکھیں ہیں اس لیے دیکھنا پڑتا ہے۔ اگر نہ ہوتیں تو سوال ہی نہیں تھا۔ ایک جگہ دیکھتے دیکھتے آنکھوں میں پانی آجاتا ہے اس لیے ضروری ہے کہ اِدھر اُدھر دیکھا جائے۔

بیرا ان کی میز پر سامان رکھ جاتا ہے اور دونوں کھانے میں مشغول ہو جاتے ہیں۔ کوئی بات نہیں کرتا۔ آدمی کھانا کھا کے دانت کریدنے لگتا ہے اور وہ عورت رومال نکال کر انداز سے لپ اسٹک ٹھیک کرتی ہے۔

آخر میں بیرا آکر پیسے لوٹاتا ہے تو آدمی کچھ ٹپ چھوڑتا ہے، جسے عورت غور سے دیکھتی ہے اور دونوں لاپروائی سے اٹھ کھڑے ہوتے ہیں۔ پھر ان دونوں میں ہلکا سا تعلق اسے نظر آتا ہے، وہ آدمی ٹھٹھک کر ساتھ والی عورت کو آگے نکلنے کا اشارہ کرتا ہے اور اس کے پیچھے پیچھے چلا جاتا ہے۔

چندر کا من اور بھاری ہو جاتا ہے۔ تنہائی کے ناگ کا بندھن اور بھی کس جاتا ہے۔ اپنے ساتھ بیٹھے ہوئے انجان دوست کی طرف وہ گہری نظروں سے دیکھتا ہے اور سوچتا ہے، اجنبی ہی سہی، لیکن اس نے پہچانا تو۔ اتنی پہچان بھی بڑا سہارا ہوسکتی ہے ..... چندر کو اپنی طرف دیکھتے ہوئے دیکھ وہ ساتھ والا دوست کچھ

کہنے کو ہوتا ہے، لیکن جیسے اُسے کچھ یاد نہیں آتا، پھر خود کو سنبھال کر اس نے چندر سے پوچھا، '' آپ .... آپ تو شاید کامرس منسٹری میں ہیں۔ مجھے یاد پڑتا ہے کہ ....' کہتے ہوئے وہ رُک جاتا ہے۔

چندر کا پورا جسم جھنجھنا اُٹھتا ہے اور ایک گھونٹ میں بچی ہوئی کافی پی کر بڑے اطمینان سے جواب دیتا ہے، '' نہیں، میں کامرس منسٹری میں کبھی نہیں تھا۔ ....'

وہ آدمی آگے اٹکلیں بھڑانے کی کوشش نہیں کرتا، سیدھے سیدھے اس انجان تعلق کو مضبوط بناتے ہوئے کہتا ہے، '' آل رائٹ پارٹنر، پھر کبھی ملاقات ہوگی' اور سگریٹ سلگاتا ہوا اُٹھ جاتا ہے۔

چندر باہر نکل کر بس اسٹاپ کی طرف بڑھتا ہے۔ مدراس ہوٹل کے پیچھے بس اسٹاپ پر چار پانچ لوگ کھڑے ہیں اور پولس والا اسٹاپ کی چھتری کے نیچے بیٹھا سگریٹ پی رہا ہے۔

چندر وہیں آکر کھڑا ہو جاتا ہے۔ سب جاننا چاہتے ہیں کہ بس کب تک آئے گی، لیکن کوئی کسی سے کچھ نہیں پوچھتا۔ پیڑ کے اندھیرے میں وہ چپ چاپ کھڑا ہے۔ نیچے پیلے پتّے پڑے ہیں، جو اس کے پیروں سے دب کر چرمرانے لگتے ہیں اور زرد پتّوں کی آواز اسے برسوں پیچھے کھینچ لے جاتی ہے۔ اس آواز میں ایک بہت گہرا اپنا پن ہے، اسے بڑی راحت سی ملتی ہے۔

.... ایسے ہی زرد پتے پڑے ہوئے تھے۔ اس راہ پر بہت سال پہلے اِندرا کے ساتھ ایک دن وہ چلا جا رہا تھا، کچھ بھی نہیں تھا اس کے سامنے —— وہ کھنڈروں میں اپنی زندگی خراب کر رہا تھا اور تب اِندرا نے ہی اس سے کہا، ' چندر، تم کیا نہیں کر سکتے!' وہی پہچانی ہوئی آواز پھر اس کے کانوں سے ٹکراتی ہے، '' تم کیا نہیں کر سکتے۔' اور یہ کہتے کہتے اِندرا کی آنکھوں میں بے پناہ اعتماد چھلک آیا تھا۔

اور اندرا کی ان پیار بھری آنکھوں میں جھانکتے ہوئے اس نے کہا تھا 'میرے پاس ہے ہی کیا؟ سمجھ میں نہیں آتا کہ زندگی کہاں لے جائے گی اِندرا! اسی لیے

میں یہ نہیں چاہتا کہ تم اپنی زندگی میرے خاطر برباد کر لو۔ پتہ نہیں میں کس کنارے لگوں، بھوکا مروں یا پاگل ہو جاؤں ....،

اِندرا کی آنکھوں میں پیار کے بادل اور گہرے ہو گئے تھے اور اس نے کہا تھا، 'کیسی باتیں کرتے ہو چندر' میں تمھارے ساتھ ہر حال میں سکھی رہوں گی'۔

چندر نے اسے بہت غور سے دیکھا تھا۔ اِندرا کی آنکھوں میں نمی آگئی تھی۔ اس کی کٹیلی ابروؤں سے اعتماد بھری معصومیت چھلک رہی تھی۔ ماتھے پر آئی ہوئی لٹ چھونے کو اس کا من ہو آیا تھا، لیکن وہ جھجھک کر رہ گیا تھا۔ اِندرا کے کانوں میں پڑے ہوئے کنڈل پانی میں تیرتی مچھلیوں کی طرح جھلک جاتے تھے اور تب اس نے کہا تھا، 'آؤ، ادھر پیڑ کے نیچے بیٹھیں گے'۔

وہ دونوں ساتھ ساتھ چل دیئے تھے۔ سیرس کے پیڑ کے نیچے ایک سیمنٹ کی بنچ بنی تھی۔ راہ پر گیلی پتیاں بکھری ہوئی تھیں۔ ان کے کچلنے سے ایسی ہی آواز آئی تھی، جو ابھی ابھی اس نے سنی تھی .... وہی پہچان بھری آواز۔

دونوں بنچ پر بیٹھ گئے تھے اور چندر دھیرے سے اس کی کلائی پر انگلی سے لکیریں کھینچنے لگا تھا۔ دونوں خاموش بیٹھے تھے' بہت سی باتیں تھیں، جو وہ کہہ نہیں پا رہے تھے۔ کچھ لمحوں بعد اِندرا نے آنکھیں چراتے ہوئے اسے دیکھا تھا اور شرما گئی تھی، پھر اسی بات پر آگئی تھی، جیسے اسی ایک بات میں ساری باتیں چھپی ہوں، 'تم ایسا کیوں سوچتے ہو چندر؟ مجھ پر بھروسہ نہیں؟'

تب چندر نے کہا تھا، 'بھروسہ تو بہت ہے اِندرا، لیکن میں خانہ بدوشوں کی طرح ساری زندگی بھٹکتا رہوں گا.... ان پریشانیوں میں تمھیں کھینچنے کی بات سوچتا ہوں تو برداشت نہیں کر پاتا۔ تم بہت اچھی اور سہولیات سے پُر زندگی جی سکتی ہو۔ میں نے تو سر پر کفن باندھا ہے .... میرا کیا ٹھکانہ'۔

''تم چاہے جو کچھ بنو چندر' اچھے یا بُرے' میرے لیے ایک سے رہو گے۔ کتنا انتظار کرتی ہوں تمھارا' لیکن تمھیں کبھی وقت ہی نہیں ملتا'۔ پھر کچھ دیر خاموش رہ کر اس نے پوچھا تھا' ادھر کچھ لکھا؟'

'ہاں!' دھیرے سے چندر نے کہا تھا۔

'دکھاؤ!' اندرا نے مانگا تھا۔

اور تب چندر نے نم ہاتھوں سے ڈائری بڑھادی تھی۔ اندرا نے فوراً اس ڈائری کو اپنی کتابوں میں رکھ لیا تھا اور بولی تھی، 'اب یہ کل ملے گی، اس بہانے تو اب آؤ گے ....'

'نہیں، نہیں .... میں ڈائری اپنے ساتھ لے جاؤں گا، مجھے واپس دو،' چندر نے کہا تھا، تو اِندرا شیطانی سے مسکراتی رہی تھی اور اس کی آنکھوں میں پیار کی گہرائیاں اور بڑھ گئی تھیں۔

ہار کر چندر واپس چلا آیا تھا اور دوسرے دن اپنی ڈائری لینے پہنچا تھا تو اِندرا نے کہا تھا، 'اس میں کچھ میں نے بھی لکھا ہے، پڑھ کر پھاڑ دینا ضرور سے!'

'میں نہیں پھاڑوں گا!'

'تو کُٹی ہو جائے گی،' اِندرا نے بچوں کی طرح بڑی معصومیت سے کہا تھا اور اس وقت اس کے منہ سے وہ بے حد بچکانی بات بھی بڑی اچھی لگی تھی۔

اور ایک دن .....

ایک دن اِندرا گھر آئی تھی۔ اِدھر اُدھر سے گھوم گھام کر وہ چندر کے کمرے میں پہنچ گئی تھی اور تب چندر نے پہلی بار اسے بالکل اپنے پاس محسوس کیا تھا اور اس کے ماتھے پر رنگ سے بندی بنادی تھی اور کئی لمحے تک مسحور سا دیکھتا رہ گیا تھا۔ اور انجانے ہی ہونٹ اس نے اِندرا کے ماتھے پر رکھ دیئے تھے۔ اندرا کی پلکیں جھینپ گئی تھیں اور رواں رواں سے مہک پھوٹ اٹھی تھی۔ اس کی انگلیاں چندر کی بانہوں پر تھرتھرانے لگی تھیں اور ماتھے پر آیا پسینہ اس کے ہونٹوں نے سوکھ لیا تھا۔ ریشمی روئیں پسینے سے چپک گئے تھے اور ان بدحواسی کے لمحوں میں دونوں نے ہی عہد کیا تھا..... وہ عہد جس میں الفاظ نہیں تھے، جو ہونٹوں تک بھی نہیں آیا تھا۔

تب سے اسے یہ الفاظ ہمیشہ یاد رہتے ہیں، 'تم کیا نہیں کر سکتے!'

اور تبھی ایک دوسرے نمبر کی بس آتی ہے اور ٹھٹھک کر چلی جاتی ہے۔ چندر کو احساس ہوتا ہے کہ وہ بس اسٹاپ پر کھڑا ہے، وہ گہری پہچان .... کہیں کوئی تو

ہے ..... اور وہ بہت دور بھی تو نہیں۔

اِندرا بھی تو یہیں ہے دہلی میں ....

دو مہینے پہلے ہی تو وہ ملا تھا۔ تب بھی اِندرا کی آنکھوں میں وہ چار برس پہلے کی پہچان تھی اور اس نے شوہر سے کسی بات پر کہا تھا، ' ارے چندر کی عادتیں میں خوب جانتی ہوں '۔

اور اِندرا کے شوہر نے کھلے دل سے کہا تھا، ' تو پھر بھئی، ان کی خاطر واطر کرو ....'

اور اِندرا نے مسکراتے ہوئے چار برس پہلے کی طرح چہڑھلانے کے سے انداز میں بیان کیا تھا، ' چندر کو دودھ سے چڑھ ہے اور کافی انھیں دھواں پینے کی طرح لگتی ہے، چائے میں اگر دوسرا چمچ چینی ڈال دی گئی تو ان کا گلا خراب ہو جائے گا'، کہہ کر وہ کھل کھلا کر ہنس دی تھی اور اس بات سے اس نے پچھلی باتوں کی یاد تازہ کر دی تھی .... سچ مچ چندر دو چمچ چینی نہیں پی سکتا۔

بس آنے کا نام نہیں لے رہی تھی۔

کھڑے کھڑے چندر کو لگا کہ اس انجانے اور بغیر جان پہچان سے پُر شہر میں ایک اِندرا ہے جو اسے اتنے سالوں کے بعد بھی پہچانتی ہے، اب تک جانتی ہے۔ اس کا من اپنے آپ اِندرا سے ملنے کے لیے چھٹپٹانے لگا، تاکہ یہ اجنبی پن کسی طرح ٹوٹ سکے .....

تبھی ایک پھٹ پھٹ والا آواز لگاتا آجاتا ہے، ' گُردارا روڈ .... قرول باغ گردارا روڈ '۔ چندر ایک قدم آگے بڑھتا ہے اور وہ سردار اسے دیکھتے ہی جیسے ایک دم پہچان جاتا ہے، ' آیئے بابوجی، کرول باگ، گردارا روڈ '۔ اس کی آنکھوں میں پہچان کی جھلک دیکھ کر چندر کا من ہلکا ہو جاتا ہے۔ آخر ایک نے تو پہچانا۔ چندر سردار کو پہچانتا ہے، بہت بار اسی سردار کی پھٹ پھٹ میں بیٹھ کر کناٹ پلیس آیا ہے۔

آنکھوں میں پہچان دیکھتے ہی چندر پلٹ کر پھٹ پھٹ پر بیٹھ جاتا ہے۔ تین سواریاں اور آجاتی ہیں اور دس منٹ بعد ہی گردوارا روڈ کے چوراہے پر.

پھٹ پھٹ رکتا ہے۔ چندر ایک چونی نکال کر سردار کی ہتھیلی پر رکھ دیتا ہے اور پہچان بھری نظروں سے اسے دیکھتا ہوا چلنے لگتا ہے۔

تبھی پیچھے سے آواز آتی ہے، ' اے بابوجی، کتنا پیسہ دیا ہے؟' چندر مڑ کر دیکھتا ہے تو سردار اس کی طرف آتا ہوا کہتا ہے، ' دو آنے اور دیجیے صاحب!'

' ہمیشہ چار آنے لگتے ہیں سردار جی!' چندر پہچان جتاتا ہوا کہتا ہے، لیکن سردار کی آنکھوں میں پہچان کی پرچھائیں تک نہیں ہے۔ وہ پھر کہتا ہے، 'سردار جی آپ کے پھٹ پھٹ پر ہی بیسوں بار چار آنے دے کر آیا ہوں!'

'کیسے ہور نے لئے ہونڑ گے چار آنے..... اسی تو چھے آنے توں گھٹ نہیں لیں دے بادشاہو!' سردار اس بار پنجابی میں بولا تھا اور اس کی ہتھیلی پھیلی ہوئی تھی۔

بات دو آنے کی نہیں تھی۔ چندر نے باقی پیسے اس کی ہتھیلی پر رکھ دیئے اور اِندرا کے گھر کی طرف مڑ گیا۔

اور اِندرا اسے ملی تو ویسے ہی۔ وہ اپنے شوہر کا انتظار کر رہی تھی۔ بڑی اچھی طرح اس نے چندر کو بیٹھایا اور بولی، ' اِدھر کیسے بھول پڑے آج؟' پھر آنکھوں میں وہی پہچان کی پرچھائیں تیر گئی تھی۔ کچھ لمحوں بعد اِندرا نے کہا تھا، ' اب تو نو بج رہے ہیں، یہ آٹھ ہی بجے فیکٹری بند کر کے لوٹ آتے ہیں، پتہ نہیں کیوں آج دیر ہو گئی' اچھا چائے تو پیو گے؟'

' چائے کے لیے انکار تو نہیں کیا جا سکتا' چندر نے بڑے حوصلے سے کہا تھا اور کرسی پر آرام سے ٹانگیں پھیلا کر بیٹھ گیا تھا۔ اس کی ساری تھکان اتر گئی تھی اور من کا اکیلاپن ڈوب گیا تھا۔

نوکرانی آ کر چائے رکھ گئی۔ اِندرا نے پیالے سیدھے کر کے چائے بنائی، تو وہ س کی باہوں، چہرے اور ہاتھوں کو دیکھتا رہا.... سب کچھ وہی تھا، ویسا ہی تھا.... جانی پہچانی۔ تبھی اِندرا نے پوچھا، ' چینی کتنی دوں؟'

اور ایک جھٹکے سے سب کچھ بکھر گیا، اس کا گلا سوکھنے سا لگا اور جسم بھر تھکن سے بھاری ہو گیا۔ ماتھے پر پسینہ آ گیا۔ پھر بھی اس نے پہچان کا رشتہ

جوڑنے کی ایک ناکام کوشش کی اور بولا، ' دو چمچ !' اور اسے لگا کہ ابھی اِندرا کو سب کچھ یاد آجائے گا اور وہ کہے گی کہ دو چمچ چینی سے اب گلا خراب نہیں ہوتا؟

لیکن اِندرا نے پیالے میں دو چمچ چینی ڈال دی اور اس کی طرف بڑھا دیا۔

زہر کے گھونٹوں کی طرح وہ چائے پیتا رہا۔ اِندرا اِدھر اُدھر کی باتیں کرتی رہی، لیکن ان میں اسے مہمان نوازی کی بُو لگ رہی تھی اور چندر کا من کر رہا تھا کہ اِندرا کے پاس سے کسی بھی طرح بھاگ جائے اور کسی دیوار پر اپنا سر پٹک دے۔

جیسے تیسے اس نے چائے پی اور پسینہ پونچھتا ہوا باہر نکل گیا۔ اِندرا نے کیا کیا باتیں کیں، اسے بالکل یاد نہیں۔

سڑک پر نکل کر وہ ایک گہری سانس لیتا ہے اور کچھ لمحوں کے لیے کھڑا رہ جاتا ہے۔ اس کا گلا بُری طرح سوکھ رہا ہے اور منہ کا ذائقہ بے حد بگڑا ہوا ہے۔

چوراہے پر کچھ ٹیکسی ڈرائیور نشے میں گالیاں بک رہے ہیں اور ایک کتّا دور سڑک پر بھاگا چلا جا رہا ہے۔ مچھلیاں تلنے کی مہک یہاں تک آرہی ہے اور پان والے کی دُکان پر کچھ جوان کوکا کولہ کی بوتلیں منہ میں لگائے کھڑے ہیں اسکوٹروں میں کچھ لوگ بھاگے جا رہے ہیں اور شہر سے دور جانے والے لوگ بس اسٹاپ پر کھڑے اب بھی انتظار کر رہے ہیں۔

کاریں، ٹیکسیاں، بسیں اور اسکوٹر آجا رہے ہیں۔ چوراہے پر لگی بتیوں کی آنکھیں اب بھی لال پیلی ہو رہی ہیں۔

چندر تھکا سا اپنے گھر کی طرف لوٹ رہا ہے۔ انگلیوں پر جوتا کاٹ رہا ہے اور موزے کی بدبو اور بھی تیز ہوگئی ہے۔

آخر وہ تھکا ہارا گھر پہنچتا ہے اور مہمان کی طرح کرسی پر بیٹھ جاتا ہے۔ یہ کوئی نئی بات نہیں ہے نرملا اسے دیکھ کر مسکراتی ہے اور دھیرے سے باہنوں پر ہاتھ رکھ کر پوچھتی ہے، ' بہت تھک گئے ؟'

' ہاں !' چندر کہتا ہے اور اسے پیار سے دیکھتا ہے۔ اس کا من اندر سے امڑ آتا ہے۔ وہ کرائے کا مکان بھی اس لمحے راحت دیتا ہے اور لگتا ہے کہ وہ اسی کا ہے۔

نرملا کھانا لگاتے ہوئے کہتی ہے، 'ہاتھ منہ دھولو ....'

'ابھی کھانے کا من نہیں ہے۔' چندر کہتا ہے تو وہ بہت پیار سے دیکھتے ہوئے پوچھتی ہے، 'کیوں؟ کیا بات ہے؟ صبح بھی تو کھا کے نہیں گئے تھے، دوپہر میں کچھ کھایا تھا؟'

'ہاں!' وہ کہتا ہے اور نرملا کو دیکھتا رہ جاتا ہے۔

نرملا کچھ جھجکتی ہے اور کچھ دیر بعد تھکی سی اس کے پاس بیٹھ جاتی ہے۔

چندر کچھ دیر کھوئی کھوئی نظروں سے کمرے کی ہر چیز دیکھتا رہتا ہے اور بیچ بیچ میں بڑی گہری نظروں سے نرملا کو تاکتا ہے۔ نرملا کوئی کتاب کھول کر پڑھنے لگتی ہے اور چندر اسے دیکھے جا رہا ہے۔

پیچھے سے پڑتی ہوئی روشنی میں نرملا کے بال ریشم کی طرح چمک رہے ہیں، اس کی بھنویں ملائم کانٹوں کی طرح لگ رہی ہیں اور کنپٹی کے پاس ریشمی بالوں سے سرے اپنے آپ گھوم گئے ہیں۔ پلک کے نیچے پڑتی ہوئی پرچھائیں بہت پہچانی سی لگ رہی ہے۔ اس نے کنگن آدھی کلائی تک کھسکالی ہے۔

چندر کی نگاہیں اس کے جسم کے نشیب و فراز میں پرانی پہچان تلاش کر رہی ہیں، اس کے ناخن، انگلیاں اور کانوں کی گداز لویں .....

اٹھ کر وہ پردہ کھینچ دیتا ہے اور آرام سے لیٹ جاتا ہے اسے لگتا ہے کہ وہ اکیلا نہیں ہے۔ اجنبی اور تنہا نہیں ہے۔ سامنے والا گلدستہ اس کا اپنا ہے، پڑے ہوئے کپڑے اس کے اپنے ہیں، ان کی مہک وہ پہچانتا ہے۔

ان سبھی چیزوں میں ایک گہری پہچان ہے۔ گہری اندھیری رات میں بھی وہ انھیں ٹٹول کر پہچان سکتا ہے۔ کسی بھی دروازے سے ٹکرائے بغیر نکل سکتا ہے

... تبھی زینے پر گلاٹی کے تھکے قدموں کی کھوکھلی آہٹ سنائی پڑتی ہے اور اسے گھبراہٹ سی ہوتی ہے۔ وہ دھیرے سے نرملا کو اپنے پاس بلا لیتا ہے۔ اسے لٹا کر چھاتی پر ہاتھ رکھ لیتا ہے۔

کئی لمحوں تک وہ اس کی سانس سے اٹھتی بیٹھتی چھاتی کو محسوس کرتا ہے.... اور چاہتا ہے کہ نرملا کے جسم کا انگ انگ اور من کی ہر دھڑکنیں اسے پہچان کی گواہی دیں

... گہرے اپنا پن اور بیلاگ ایکتا کا احساس دے ....

اندھیرے ہی میں وہ اس کے ناخنوں کو ٹٹولتا ہے، اس کی پلکوں کو چھوتا ہے اس کی گردن میں منہ چھپا کر کھو جانا چاہتا ہے، ڈھلے ہوئے بالوں کی جانی پہچانی مہک اس کی نس نس میں رسنے لگتی ہے اور اس کے ہاتھ پہچان کے لیے پور پور پر تھر تھراتے ہوئے سرکتے ہیں۔ نرملا کی سانس بھاری ہو آتی ہے۔

وہ اس کی گداز باہوں کو محسوس کرتا ہے اور گول گدرائے کندھوں پر ہاتھ سے تھپتھپاتا رہتا ہے۔ نرملا کے جسم کا انگ انگ، انوکھی محبت سے کھنچتا آتا ہے۔ اس کا رواں رواں اسے پہچان رہا تھا، جوڑ جوڑ کساؤ سے پُر تھا، تن کے اندر گرم لہو کا جوار اٹھ رہا تھا اور ہر سانس پاس کھنچتی جا رہی تھی۔ انگ انگ میں رواں رواں میں گہری پہچان تھی ....

تبھی بشن کپور کی کھڑکی میں اجالا ہوتا ہے اور دھواں سلاخوں سے لپٹ لپٹ کر گلی کے اندھیرے میں ڈوبنے لگتا ہے۔

اور اس کا تنہا من تنہائیوں کو چھوڑ کر اس پہچانی مہک، پہچانی سانسوں اور پہچانے لمس میں ڈوبتا جاتا ہے۔ اسے اور کچھ بھی نہیں چاہیے .... تعارف کی ایک مانگ ہے اور اس اندھیرے میں وہ سانس سے، مہک سے، تن کے ٹکڑے ٹکڑے سے پہچان چاہتا ہے، پرانی شناخت چاہتا ہے۔

چاروں طرف سناٹا چھا جاتا ہے۔

اور اس خاموشی میں وہ مطمئن ہوتا ہے — وہ دونوں باہوں میں اسے بھر لیتا ہے۔ جوار اور اٹھتا ہے۔ جوار اور اٹھتا ہے۔ تن کی حرارت اور بڑھتی ہے اور پور پور میں ایکتا کا ساگر لہرانے لگتا ہے۔

دھیرے دھیرے نرملا کی تیز سانسیں دھیمی پڑتی ہیں اور مقناطیسی کشش ڈھیلی پڑ جاتی ہے۔ کھنچاؤ ٹوٹنے لگتا ہے اور انگوں کے جوار اترنے لگتے ہیں ....

چندر کس کر اس کی باہوں کو جکڑے رہتا ہے ..... اترتا ہوا جوار اسے پھر اکیلا چھوڑے جا رہا ہے۔ انجان ساحل پر چھوڑی ہوئی سیپی کی طرح۔

نرملا اپنی دبی باہیں نکال لیتی ہے اور گہری سانس لے کر ڈھیلی سی لیٹ جاتی ہے،

دھیرے دھیرے سب کچھ سو جاتا ہے اور رات بہت نیچے اتر آتی ہے۔ کہیں کوئی آواز نہیں، آہٹ نہیں۔

دھیرے سے نرملا کروٹ بدلتی ہے اور دوسری طرف منہ کر کے گہری نیند میں ڈوب جاتی ہے۔

کروٹ بدل کر لیٹی ہوئی نرملا کو وہ تھکا سا دیکھتا رہتا ہے....

اور چندر پھر اپنے کو بے حد اکیلا محسوس کرتا ہے..... وہ نرملا کے کندھے پر ہاتھ رکھتا ہے، چاہتا ہے کہ اس کی کروٹ بدل دے، لیکن اس کی انگلیاں بے جان ہو کر رہ جاتی ہیں۔ کچھ پل وہ اندھیرے میں ہی نرملا کو ادھر منہ کیے لیٹا ہوا دیکھتا ہے اور مایوس سا خود بھی لیٹ جاتا ہے۔ پتہ نہیں کب اس کی پلکیں جھپک جاتی ہیں....

اور پھر بہت دیر بعد تھانے گھڑیال دو کے گھنٹے بجاتا ہے اور اس کی نیند اچٹ جاتی ہے۔ نیند کے خمار میں ہی وہ چونک سا پڑتا ہے۔ کمرے کی خاموشی اور سونے پن میں اسے ڈر سا لگتا ہے۔ اندھیرے میں ہی وہ نرملا کو ٹٹولتا ہے۔ تکیے پر بکھرے اس کے بالوں پر اس کا ہاتھ پڑتا ہے اور ان بالوں کی چکنائی کو محسوس کرتا ہے.... سر جھکا کر وہ انھیں سونگھتا ہے....

پھر نرملا پر ہاتھ رکھتا ہے ـــــ اس کے گول کندھوں کو چھوتا ہے..... وہ لمس بھی پہچانا ہوا ہے..... دھیرے دھیرے وہ اس کے پورے جسم کو پہچاننے کے لیے ٹٹولتا ہے اور اس کی سانسوں کی ہلکی آواز کو سننے اور پہچاننے کی کوشش کرتا ہے۔

نرملا اب بھی کروٹ لیے پڑی تھی۔ وہ دھیرے سے نیند میں کنمناتی ہے۔ چندر کا دل دھک سے رہ جاتا ہے۔ کہیں نرملا جاگ نہ جائے، انجانے ہی اس لمس سے اجنبیوں کی طرح چونک نہ جائے۔

نرملا سوتے سوتے ایک بار رک کر سانس لیتی ہے، جیسے اسے ڈر سا لگ رہا ہو..... یا کوئی ڈراؤنا خواب دیکھ رہی ہو..... چندر سن سا رہ جاتا ہے... کیا وہ اس کے لمس کو نہیں پہچانتی؟

اور پھر وہ نرملا کو جھنجھوڑ کر اٹھاتا ہے، 'نرملا.... نرملا....' وہ بدحواسی میں کہتا ہے۔

نرملا چونک کر اٹھتی ہے اور آنکھیں ملتے ہوئے نارمل ہونے کی کوشش کرتی ہے، اور بجلی جلا کر وہ نرملا کو دونوں کندھوں سے پکڑ کر اپنا منہ اس کے سامنے کر کے ڈری ہوئی آواز میں پوچھتا ہے، 'مجھے پہچانتی ہو؟ مجھے پہچانتی ہو نرملا؟'

نرملا آنکھیں پھاڑے دیکھتی رہ جاتی ہے، دھیرے سے حیرت سے پوچھتی ہے، 'کیا ہوا؟'

اور وہ نرملا کو تاکتا رہ جاتا ہے۔ اس کی آنکھیں اس کے چہرے پر کچھ ڈھونڈتی رہ جاتی ہیں۔

رام کمار

چیری کے درخت

پھاٹک پار کرتے ہی جس طرف سب سے پہلے ہمارا دھیان گیا، وہ تھے پیڑوں پر لٹکتے ہوئے الوچوں سے ملتے جُلتے کسی پھل کے گُچھے۔ مکان کے اندر گھومنے کے بدلے ہم اس طرف دوڑے۔ کئی پیڑ تھے جن پر وہ لٹک رہے تھے لیکن اُچھل اُچھل کر کودنے پر بھی کسی کے ہاتھ میں ایک بھی دانا نہیں آسکا۔ میں سب سے لمبا تھا، لیکن میرا ہاتھ بھی انھیں چھونے چھوتے رہ جاتا۔ ہمارا شور سُن کر بڑی بہن اندر سے آئیں۔

'یہ توڑ دیجیے، نہ جانے کون سا پھل ہے۔ شاید الوچے یا آلو بخارا یا خوبانی....' ہم سب چلّانے لگے۔

بہن دھیمی چال سے ہماری طرف آنے لگیں۔ ہمیں غصّہ آیا کہ وہ ایسے موقعے پر بھاگ کر کیوں نہیں آتیں۔ لیکن خوف تھا کہ کہیں ان سے جلدی آنے کے لیے کہیں تو واپس نہ لوٹ جائیں۔

'کیا ہیں یہ..' انھوں نے اوپر پیڑ کی طرف دیکھتے ہوئے کہا۔

'شاید الوچے ہی ہیں۔ توڑ دیجیے جلدی۔'

'کوئی جنگلی پھل ہے شاید؟' وہ بولیں۔

'نہیں، نہیں، جنگلی نہیں ہیں،' ہم چلائے۔ 'ایک توڑ کر مجھے دیجیے...'

ہماری طرف دھیان دیئے بغیر وہ اوپر لٹکے گچھوں کو دیکھ رہی تھیں، پھر ایک دانا توڑا اور اُسے گھما پھرا کر دیکھتی رہیں، 'پتہ نہیں کیا ہے؟ ایسا پھل تو کبھی کسی پہاڑ پر دیکھا نہیں۔'

ہم ان کے آس پاس دائرہ بنا کر کھڑے ہو گئے تھے اور اب اس ایک دانے کو لینے کے لیے چھینا جھپٹی کرنے لگے۔

'نہیں، یہ کھانا نہیں ہوگا۔ کون جانتا ہے اس میں زہر ہو۔ پہلے مالی سے پوچھیں گے۔' پھر میری طرف دیکھ کر بولیں، 'سنو، کوئی نہیں توڑے گا انھیں۔' یہ کہہ کر وہ پھر دھیمی چال سے مکان کی طرف چل گئیں۔

ان کے حکم کی کوئی مخالفت نہیں کر سکتا، یہ سوچ کر سب مَن مسوس کر رہ گئے۔ لیکن اس شام سارے باغ میں گھوم گھوم کر ہم نے اِن پیڑوں کو گِنا۔ دوسرے پیڑ بھی تھے لیکن ان کی اہمیت نہیں کے برابر ہی تھی۔ یہ پہلا موقعہ تھا کہ کسی پہاڑ میں اپنے ہی باغ میں کسی پھل کے اتنے پیڑ ملے ہوں۔ کبھی ایک آدھ الوچے، خوبانی یا سیب کا پیڑ مل جاتا تھا، یا پھر قریب ہی کسی دوسرے مکان میں ان پیڑوں کو دیکھ کر چپکے سے کبھی کچھ توڑ لیتے۔ لیکن اس بار اپنے ہی باغ میں اتنے پیڑ .... ہماری خوشی کی کوئی حد نہیں تھی۔

اندر بہن نے وہ دانا پتا کے سامنے رکھ کر کہا، 'پتہ نہیں کون سا پھل ہے؟ باغ میں لگا ہے۔'

پتا اسے دیکھتے ہی بولے، 'یہ تو چیری ہے، ابھی پکی نہیں۔'

چیری کا نام سنتے ہی ہماری خوشی اور بڑھ گئی۔ ہم نے آج تک چیری کا پیڑ نہیں دیکھا تھا اور اب اپنے ہی باغ میں پندرہ بیس چیری کے پیڑ ہیں، جنھیں توڑنے سے کوئی نہیں روکے گا، جن پر مکمل طور پر ہمارا قبضہ ہوگا۔

ہم اس ایک موضوع میں اتنے مشغول تھے کہ اس سال کمروں کو لے کر جھگڑا نہیں ہوا۔ ہر سال پہلے دن جب یہ مسئلہ سامنے آتا — کون سا کمرہ کس کا ہوگا، تو ہم آپس میں جھگڑتے تھے، ہاتھا پائی بھی ہوتی تھی اور غصے میں پتا بھی ایک آدھ کو پیٹ دیتے تھے۔ لیکن اس بار بہن نے جہاں جس کا سامان رکھ دیا، اس کی

مخالفت کسی نے نہیں کی۔

رات کو بہن ہمارے کمرے میں آئیں، میں ایک کتاب میں تصویریں دیکھ رہا تھا۔

'سویا نہیں؟'

'نیند نہیں آئی!' میں بولا۔ چھوٹے بھائی بہن سو گئے تھے۔

'مجھے بھی نئے گھر میں پہلی رات کو نیند نہیں آتی!'

وہ کھڑکی کے پاس جاکر کھڑی ہوگئیں۔ کھڑکی بند تھی لیکن ایک شیشہ ٹوٹا ہوا تھا جس میں وہ باہر جھانکنے لگیں۔ دو مہینے قبل جب سے ان کی سگائی ہوئی وہ بہت چپ چپ سی رہنے لگی تھیں۔ اگلے جاڑوں میں ان کی شادی ہو جائے گی۔ ان کی شادی کے تصور سے ہی ہمارا حوصلہ بڑھ جاتا۔ لیکن شادی کے بعد وہ اس گھر میں نہیں رہیں گی' یہ سوچ کر دکھ بھی ہوتا۔

'یہ دیکھو ....' انھوں نے دھیمی آواز میں کہا۔

'کیا ہے؟'

'ادھر آؤ!' کھڑکی سے اپنا چہرہ ہٹائے ہی وہ بولیں۔

میں ان کے پاس جاکر کھڑا ہوگیا۔ کھڑکی کے دوسرے شیشے سے باہر دیکھا لیکن اندھیرے میں سامنے والے پہاڑ کے علاوہ اور کچھ دکھائی نہیں دیا۔

انھوں نے دھیرے سے کھڑکی کی چٹخنی کھولی اور اپنا سر باہر نکال لیا۔

'کیا ہے؟' میں نے بے صبری سے پوچھا۔

'وہ دیکھو، کتنے تارے چھٹکے ہوئے ہیں!'

مجھے بہت مایوسی ہوئی۔ میں سوچ رہا تھا کہ شاید انھوں نے کوئی جنگلی جانور دیکھا ہو، ''تارے تو سب جگہ دکھائی دیتے ہیں!' میں نے جھلا کر کہا۔

'تارے اتنے پاس کبھی دکھائی نہیں دیتے۔ لگتا ہے جیسے ہاتھ اوپر اٹھاتے ہی ہم انھیں چھولیں گے!'

میں نے پھر آکاش کی طرف دیکھا مجھے بھی لگا جیسے تارے بہت نیچے اتر آئے ہوں۔

'پہاڑوں پر تارے نزدیک دکھائی دیتے ہیں، ہم اونچائی پر آجاتے ہیں نا،

اسی لیے۔'

'نہیں، یہ بات نہیں ہے۔ پچھلے سال مسوری میں وہ اتنے پاس کبھی دکھائی نہیں دیتے، نینی تال میں....'

مجھے اس موضوع میں زیادہ دلچسپی نہیں تھی۔

'میں نے کہیں پڑھا تھا کہ یہاں تارے بہت پاس دکھائی دیتے ہیں۔' وہ بولیں۔

کھلی کھڑکی سے ٹھنڈی ہوا اندر آرہی تھی۔ میں اپنی چارپائی پر آگیا اور لحاف سے اپنا جسم ڈھانپ لیا۔ وہ کچھ دیر تک کھڑکی پر جھکی رہیں، پھر اپنے کمرے میں چلی گئیں میں پھر تصویریں دیکھنے لگا۔

اگلے دن صبح اٹھتے ہی چیری کے پیڑوں کے پاس پہنچ گئے۔ کوئی کسی پیڑ کے پاس جاکر دوسروں کو آواز لگاتا، 'دیکھو، اوپر کی ڈال پر چیری کتنی پیلی ہوگئی ہے'، کس پیڑ کی چیری سب سے بڑی ہے، کس کی چھوٹی... ان سب کی جانچ پڑتال ہم نے فوراً کر ڈالی۔ ایک پیڑ کی کچھ ٹہنیاں نیچے کی طرف جھکی ہوئی تھیں، لیکن بہت اچھلنے کے باوجود ہاتھ ان تک نہیں پہنچا۔ پھر چھوٹا بھائی گھٹنوں کے بل بیٹھا اور میں اس کی پیٹھ پر چڑھ کر چیری توڑنے لگا۔ صرف چار دانے ہی ہاتھ میں آئے۔ ایک ایک سب کو دیا۔ لیکن چھوٹی بہن کے لیے نہیں بچی۔ وہ رونے لگی، میں نے اسے اپنی آدھی چیری دینے کا وعدہ کیا، لیکن اس نے انکار کر دیا۔ وہ بہن سے شکایت کرے گی، یہ دھمکی دے کر وہ روتی روتی گھر کی طرف بھاگی۔

کچھ دیر بعد بہن ہمارے پاس آئیں، 'یہ کچی چیری کیوں توڑی؟ انھیں کھاکر کیا بیمار پڑنا ہے؟' میری طرف دیکھ کر بولیں، 'اگر کسی نے اب ایک بھی چیری کھائی تو، اسے کڑی سزا ملے گی۔ کچا پھل توڑنے میں پاپ چڑھتا ہے۔'

وہ لوٹ گئیں۔ اب بہن کے منع کر دینے پر کسی کو پھر چیری کھانے کی ہمت نہیں ہوگی۔ اگر چھپ کر ایسا کیا بھی اور بہن کو پتہ چل گیا، تو اس کا کیا نتیجہ نکلے گا— اس کے تصور سے ہی ڈر لگنے لگا۔ وہ کبھی کسی کو پیٹتی نہیں تھیں، زیادہ غصہ آنے پر ڈانٹتی بھی نہیں، ان کی سزا ہوتی تھی — قصوروار سے بول چال بند۔ یہ سزا ناقابلِ برداشت بن جاتی تھی، مار پیٹ اور ڈانٹ سے بھی زیادہ، جس سے، ہم

سب گھبراتے تھے۔

کھاتے وقت جب ساتھ بیٹھتے تو ہم اسی ایک موضوع پر باتیں کرتے تھے۔

'اب تو گلابی ہونے لگی ہیں'

'اوپر کی ڈالیوں پر تو لال ہوگئی ہیں'

'اب دو ہفتوں تک تیار ہو جائیں گی، پھر جی بھر کر کھانا' پتا کہتے۔

بہن کہتیں، 'ان کا بس چلے تو یہ کچی ہی کھا جائیں۔ اس بار تو یہ گھر سے باہر ہی نہیں نکلتے۔ بس، چیری، چیری.... اور کوئی بات ہی نہیں'

ماں کو بہن کی شادی کی فکر تھی۔ جب گھر کا کام نہ رہتا تو پتا کے ساتھ اس موضوع پر کتنی ہی باتیں کیا کرتی تھیں۔ پتا ایک کاپی میں ماں کی بتائی ہوئی لسٹیں لکھا کرتے تھے —— کیا سامان منگوانا ہوگا، کتنا گہنا بنے گا، کتنی ساڑیاں، بارات کہاں ٹھہرے گی؟

اس ذکر سے بہن کا چہرہ اور گمبھیر ہو جاتا۔

ہر چیری کے پیڑ کے تنے پر میں نے چاقو کی نوک سے سب کے نام لکھ دیئے تھے۔ پیڑ پر جس کا نام ہوگا، وہی اس کی چیری توڑے گا اور کھائے گا۔ سب اپنے اپنے پیڑوں کے نیچے کھڑے ہو کر اپنی چیری کی تعریف کرتے اور دوسرے پیڑوں کی شکایت۔ ہر ایک کا دعویٰ رہتا کہ اس کے پیڑوں کی چیری بہت تیزی سے پک رہی ہے۔

اس دن ایک شخص ہمارے باغ میں آیا اور چیری کے پیڑوں کے چکر لگانے لگا۔ ہر پیڑ کے پاس جاتا اور شاخوں کو اِدھر اُدھر ہٹا کر اوپری سرے تک دیکھتا، کبھی ایک پیڑ کی چیری توڑ کر کھاتا، کبھی دوسرے پیڑ کی۔ اتنا بے دھڑک ہو کر وہ باغ میں گھوم رہا تھا جیسے یہ اسی کا گھر ہو۔ ہم جھنڈ بنا کر اس کی طرف دیکھتے رہے، اس کی حرکت پر غصہ آرہا تھا، لیکن اس سے کچھ بھی کہنے کی ہمت ہم میں سے کسی میں نہیں تھی۔ اپنا کام ختم کر کے اس کی نظر ہماری طرف گئی اور وہ مسکرانے لگا جس میں ہمیں اس کے اوپر کے دو بڑے بڑے پیلے سے دانت دکھائی دیئے۔

'آپ لوگ اس بنگلے میں رہتے ہیں؟'

'ہاں، یہ ہمارا مکان ہے'، میں نے ہمت سے کہا۔

پتا سے ملنے کی خواہش ظاہر کرنے پر ہم اُسے پتا والے کمرے میں لے گئے۔ ہمیں اس کے چہرے سے نفرت ہو رہی تھی اور یہ جاننے کی بیقراری بھی کہ وہ کون ہے اس کے جانے کے بعد ہم پتا کے پاس گئے۔

'یہ ٹھیکیدار تھا جس نے چیری کے پیڑ مکان مالک سے خرید لیے ہیں۔ کل سے اُس کا آدمی ان پیڑوں کی رکھوالی کرے گا'، پتا بولے۔

ہم میں سے کوئی اس ٹھیکے کی بات سمجھا، کوئی نہیں سمجھ سکا۔

'ہم تو سمجھ رہے تھے کہ یہ ہمارے پیڑ ہیں، ہمارے باغ کے اندر ہیں، کوئی دوسرا انھیں کیسے خرید سکتا ہے'، میں بولا۔

پتا ہنسنے لگے، 'ہم نے مکان کرائے پر لیا ہے۔ پیڑوں پر مکان مالک کا ہی حق رہتا ہے۔'

'اب ہم چیری نہیں توڑ سکتے ہیں؟'

'چیری ٹھیکیدار کی ہیں، ہم کیسے توڑ سکتے ہیں؟'

اس رات کو ہم میں سے کسی نے بھی چیری کے بارے میں ایک بھی لفظ نہیں کہا۔ کسی نے بھول سے کچھ کہا تو سب کو چُپ دیکھ کر اسے اپنی غلطی کا فوراً احساس ہو گیا۔ مجھے بہت دیر تک نیند نہیں آئی۔ کھڑکی سے باہر باغ کی طرف دیکھا، چیری کے چھوٹے چھوٹے پیڑ بوجھ سے جھکے ہوئے سوئے جان پڑے۔ میں بہن سے اس بارے میں اور بھی کئی باتیں پوچھنا چاہتا تھا، لیکن وہ اس رات ہمارے کمرے میں نہیں آئیں۔

اگلے دن صبح ٹھیکدار کے ساتھ ایک بوڑھا بھی آیا۔ وہ اپنے ساتھ رسّیوں کے ڈھیر، ٹوٹے ہوئے پرانے کنستر اور بانس کی چٹائیاں لائے۔ باغ کے دوسرے سرے پر چٹائیوں سے ان دونوں نے ایک جھونپڑی تیار کی، جھونپڑی کے اندر ایک دری بچھائی۔ ایک کونے میں بوڑھے نے حقہ رکھا۔ ہم تھوڑی دور سے سب کچھ دیکھتے رہے۔ دو چٹائیوں سے ملا کر جھونپڑی جتنی جلدی تیار ہو گئی، اس سے ہمیں بہت حیرانی ہوئی۔ وہ دونوں کبھی کبھی ہماری طرف دیکھ کر مسکرانے لگتے لیکن ہم نے

ان کا کوئی جواب نہیں دیا۔ چھوٹے بھائی نے کہا کہ ہمارے دشمن ہیں اور ہماری ہی زمین پر اپنے خیمے گاڑ رہے ہیں۔

کنستروں میں چھوٹے چھوٹے پتھر بھرے گئے اور رسیوں کی مدد سے انھیں کچھ پیڑوں پر باندھ دیا گیا۔ ان رسیوں کے سرے جھونپڑی کے پاس ایک کھونٹے میں باندھ دیے گئے۔ بوڑھا رسی کے سرے کو جھٹکے کے ساتھ ہلاتا تو کنستر میں پڑے پتھر بجنے لگتے اور ایک تیز سی آواز سارے باغ میں گونج اٹھتی۔ ہماری بے چینی بڑھتی جا رہی تھی۔

کچھ دیر بعد سارا انتظام کرکے ٹھیکیدار چلا گیا۔ رہ گیا وہ بوڑھا جو جھونپڑی کے پاس ایک پتھر پر بیٹھا حقہ گڑگڑانے لگا۔ ٹھیکیدار کی بہ نسبت اس بوڑھے کے چہرے پر ہمیں دوستانہ تاثر دکھائی دیا۔ ہم دھیرے دھیرے اس کے پاس پہنچ گئے۔ اس نے بڑے پیار سے ہمیں اپنے پاس بٹھایا۔ ہمارے پوچھنے پر اس نے بتایا کہ یہ کنستر پرندوں کو بھگانے کے لیے باندھے گئے ہیں، بہت سے پرندے ——— خاص کر بلبل ——— چیری پر چونچیں مارتے ہیں جس سے وہ سڑ جاتی ہے۔ اگر انھیں نہ بھگایا جائے تو پیڑ کے پیڑ ختم ہو سکتے ہیں۔

'لیکن کنستر سب چیری کے پیڑوں پر کیوں نہیں باندھے گئے؟'

'چار پانچ پیڑوں کے لیے ایک کنستر کی آواز کافی ہے۔' وہ بولا۔

'کیا تم رات کو بھی یہیں سوؤ گے؟'

'ہاں، رات کو بھی ڈر رہتا ہے کہ کوئی آدمی چیری توڑ لے۔'

سب سے چھوٹی بہن کا دھیان حقے کی طرف تھا۔ اس نے پوچھا، 'یہ کیا ہے؟'

'ہم ہنس پڑے۔ 'یہ ان کی سگریٹ ہے،' چھوٹا بھائی بولا۔

دھیرے دھیرے بوڑھے کی موجودگی کے سب عادی ہو گئے۔ رسی کھینچ کر کنستروں کو بجانا، 'ہا۔ ہو، ہا۔ ہو' یا سیٹی بجا کر پرندوں کو اڑانا ——— ان سب آوازوں کو سننے کی عادت پڑ گئی۔ چیری کے بوجھ سے ڈالیاں اتنی جھک گئی تھیں کہ اچھل کر آسانی سے میں دو چار دانے توڑ سکتا تھا، لیکن بوڑھے کی نگاہیں ہر وقت چوکنی ہو کر چاروں طرف گھومتی رہتیں، اس لیے ہمت ہی نہیں ہوتی تھی۔

ماں دوسرے تیسرے دن بوڑھے کو چائے کا گلاس بھجوا دیتیں۔ وہ بھی کبھی کبھی کچھ پکی ہوئی چیری توڑ کر ہمیں دے دیتا۔ لیکن پیڑ پر چڑھ کر توڑنا، پھر کھانا — جس کا ہم نے شروع میں تصور کیا تھا، وہ خواہش من میں ہی رہ گئی۔ جب کبھی کوئی چڑیا ریت پر چیری کھا رہی ہوتی اور بوڑھے کو پتہ نہ چلتا تو ہمیں بہت خوشی ہوتی۔ ہمارا بس چلتا تو سارے پیڑ پرندوں کو کھلا دیتے۔ لیکن چڑیاں چپ چاپ چیری نہیں کھاتیں، ایک یا دو دانے کھا کر جب وہ دوسری ڈال پر اڑتیں تو بوڑھے کو پتہ چل جاتا اور وہ رسّی کھینچ کر کنستر بجا دیتا۔

بہن دن بھر کسی پیڑ کے نیچے کرسی بچھا کر ہم میں سے کسی کا پل اوور بُنتی رہتیں۔ اس سال گرمیوں کی چھٹیوں میں انھوں نے کسی کتاب کو ہاتھ تک نہیں لگایا، نہیں تو ہر بار وہ اپنے کورس کی کوئی کتاب پڑھتی رہتی تھیں۔ کچھ دن پہلے ان کا انٹرمیڈیٹ کا نتیجہ نکلا تھا اور وہ فرسٹ ڈویژن میں پاس ہوئی تھیں۔ وہ اور پڑھنا چاہتی تھیں لیکن ماں کو ان کی شادی کی جلدی تھی۔

ہمارے گھر سے تھوڑی دور ایک چشمہ بہتا تھا جہاں ہم دوسرے تیسرے دن نہانے چلے جاتے تھے۔ کبھی بازار، کبھی سنیما، کبھی پارک — رفتہ رفتہ ہمارے روزمرہ میں دوسری چیزیں آتی گئیں۔ یہ شاید پہلا موقعہ تھا کہ بڑی بہن نے کسی میں حصہ نہیں لیا۔ پہاڑوں میں وہ ہمارے بہت قریب آجاتی تھیں۔ رات کو کھانے کے بعد چارپائیوں میں دُبکے ہم اُن سے کہانیاں سنا کرتے تھے، شام کو سب کو اپنے ساتھ گھمانے لے جاتی تھیں اور پکنکوں کی تو کوئی گنتی ہی نہیں ہوتی تھی۔ اس بار وہ بہت کم گھر سے نکلیں اور جب باہر جاتیں بھی تو اکیلی ہی جاتیں۔ ماں کی کسی بات کا اثر ان پر نہیں ہوا۔

ایک روز صبح آنکھیں کھلتے ہی باہر باغ میں کئی لوگوں کی آوازیں سنائی دیں۔ میں چارپائی پر لیٹا لیٹا کچھ دیر تک حیرت سے اس شور و غل کے بارے میں سوچتا رہا۔ کھڑکی سے جھانک کر باہر دیکھنے ہی والا تھا جب بہن کسی کام سے کمرے میں آئیں۔

'یہ شور کیسا ہے؟' میں نے پوچھا۔

'وہ لوگ آگئے ہیں۔'

'کون لوگ ؟' میں نے حیرت سے پوچھا۔

'وہی ٹھیکیدار کے آدمی، چیری توڑنے کے لیے،' وہ بولیں۔

میں جھٹ باہر دوڑا۔ پیڑوں پر ٹوکریاں لیے ٹھیکیدار کے آدمی چڑھے ہوئے تھے۔ دونوں ہاتھوں سے اوپر نیچے کی شاخوں سے چیری توڑ کر ٹوکریوں میں بھرتے جا رہے تھے۔ کسی دور کی شاخ کو پکڑ کر اپنے پاس گھسیٹنے پر 'چرر۔ چرر' کی آوازیں گونجنے لگتیں۔ سارے باغ میں شور غل تھا۔

ہم دھیرے دھیرے باغ کے چکر لگانے لگے۔ ہر پیڑ کے پاس کچھ دیر تک کھڑے رہ کر اوپر چڑھے آدمی کو دیکھتے۔ لگ رہا تھا جیسے آج ہماری شکست کا آخری دن ہو۔

ہر پیڑ کے نیچے کافی چیری گری ہوئی تھیں۔ چھوٹی بہن نے لپک کر ایک گچھا اٹھا لیا تو بھائی نے اس کے ہاتھ سے چھین کر پھینک دیا، 'جانتی نہیں کہ بہن نے کیا کہا ہے ؟'

'کوئی ایک بھی چیری منہ میں نہیں رکھے گا۔'

جھونپڑی کے پاس ٹھیکیدار دوسرے چار پانچ افراد کے ساتھ چن چن کر چیری ایک پیٹی میں رکھ رہا تھا۔ اس کے پاس ہی کئی خالی پیٹیاں پڑی تھیں اور دری پر دکھائی دیا توڑی ہوئی چیری کا ایک ڈھیر۔ وہ سب بہت تیزی سے کام کر رہے تھے۔ ہمیں کھڑے دیکھ کر ٹھیکیدار نے ایک مٹھی چیری ہم سب کو دینی چاہی لیکن ہم نے انکار کر دیا۔

ہم لوگ باغ میں ہی گھومتے رہے۔ گھر سے باہر جانے کی خواہش نہیں ہوئی۔ چیری کے پیڑ دھیرے دھیرے خالی ہوئے جا رہے تھے۔ اس دن کنستر بجانے کی ضرورت نہیں پڑی۔ بلبل اور دوسرے پرندے پیڑوں کے اوپر ہی چکر لگاتے رہے، کسی پیڑ پر بیٹھنے کی ہمت نہیں تھی۔

'یہ دیکھو، اس پیڑ کے نیچے کیا پڑا ہے ؟' چھوٹی بہن نے ایک پیڑ کی طرف اشارہ کر کے کہا۔

ہم نے اس طرف دیکھا، لیکن جان نہیں سکے کہ وہ کیا ہے ؟ پاس جانے پر پیڑ

کے نیچے ایک مری ہوئی بُلبُل دکھائی دی ۔ اس کی گردن پر خون جما ہوا تھا ۔ ہم کچھ دیر تک چپ چاپ دیکھتے رہے ۔ میں نے اس کا پاؤں پکڑ کر ہلایا لیکن اس میں جان باقی نہیں بچی تھی ۔

'یہ کیسے مر گئی ؟'

'کسی نے اس کی گردن پر پتھر مارا ہے ۔

' انھیں لوگوں نے مارا ہوگا ۔'

' تبھی کوئی بُلبُل پیڑ پر نہیں بیٹھ رہی ۔'

ہم نے ٹھیکیدار اور اس کے آدمیوں کو جی بھر کر گالیاں دیں ۔ ان لوگوں پر پہلے ہی بہت غصہ آرہا تھا ، اب بُلبُل کی موت دیکھ کر تو ان سے بدلہ لینے کی خواہش بہت شدید ہوئی تھی ۔ کتنے ہی منصوبے بنائے ، لیکن ہر بار کوئی کمی اس میں نظر آجاتی جس سے اُسے ادھورا ہی چھوڑ دینا پڑتا ۔ پھر یہ سوچ کر کہ اگر یہ بُلبُل یہیں پڑی رہی تو کوئی بلی یا کتا اُسے کھا جائے گا ، ہم نے پاس ہی ایک گڈھا کھودا اور اس میں بُلبُل کو لٹا کر اوپر سے مٹی ڈال دی ۔

اس دن بڑی بہن نے باغ میں پاؤں تک نہیں رکھا ۔ انھوں نے نہ مری ہوئی بُلبُل دیکھی ، نہ پیڑوں سے چیری کا ٹوٹنا ۔ انھیں پیڑوں سے پھل توڑنا اچھا نہیں لگتا ۔

' پھول ، پودوں اور پھلوں میں بھی جان ہوتی ہے ۔ انھیں توڑنا بھی اتنا ہی بُرا ہے جتنا کسی جانور کو مارنا ' وہ ہم سے کہا کرتی تھیں ۔

وہ لوگ شام کو بہت دیر تک چیری توڑتے رہے ۔ پھر ایک لاری رکی ، جس میں سب پیٹیاں لاد دی گئیں اور وہ سب چلے گئے ۔ باغ میں اچانک سناٹا ہوگیا ۔ رہ گئے صرف چیری کے ننگے پیڑ ، جن پر ایک بھی چیری دکھائی نہیں دیتی تھی ۔ ہوا تیز تھی اور رہ رہ کر پیڑوں کی ڈالیاں ہل اٹھتی تھیں جیسے آخری سانس لے رہی ہوں ۔ نیچے بکھری ہوئی تھیں بے شمار پتیاں اور کچھ ڈالیاں جو چیری توڑتے وقت نیچے گر گئی تھیں ۔ شام ہمیں بہت سونی سونی سی لگی اور پیڑوں سے ڈر سا لگنے لگا ۔

کھاتے وقت ہم دن بھر کے واقعات کا ذکر کرتے رہے، مری، ہوئی ٹبلبل کا قصہ بھی سُنایا۔ لیکن بڑی بہن نے ذرا بھی دلچسپی نہیں لی، ان کے منہ سے ایک بھی لفظ نہیں نکلا لگا جیسے وہ ہماری باتیں نہیں سُن رہی ہوں۔ کھانا بھی انھوں نے بہت کم کھایا۔

رات کو دیر تک نیند نہیں آئی، نہ کوئی کتاب پڑھنے میں ہی جی لگا۔ چھوٹے بھائی بہن دن بھر کی تھکان سے چارپائی پر لیٹتے ہی سو گئے۔ تھکان سے میرا بھی جسم ٹوٹ رہا تھا، لیکن بہت کوشش کرنے پر بھی نیند نہیں آسکی۔

کچھ دیر بعد میں کھڑکی کے پاس جاکر کھڑا ہوگیا۔ اچانک آسمان میں بہت سے تارے ایک ساتھ چمک اٹھے۔ تارے یہاں واقعی بہت قریب دکھائی دیتے ہیں۔ کیوں؟ صرف چھ ہزار فٹ ہی تو اونچا یہ مقام ہے اور تارے تو میلوں دور ہیں۔ پھر اتنے پاس کیسے دکھائی دیتے ہیں؟ میں سوچنے لگا۔ تبھی باغ میں پیڑوں کے نیچے ایک پرچھائیں دکھائی دی۔ مجھے ڈر سا لگا۔ لیکن کچھ دیر بعد پتہ لگا کہ وہ بہن ہیں۔ وہ ابھی تک سوئی نہیں ...

میں بھی دبے پاؤں باہر آگیا۔ وہ چیری کے پیڑوں کے نیچے ٹہل رہی تھیں، ان کا آنچل نیچے تک جھول رہا تھا۔

'ابھی تک سوئے نہیں؟' انھوں نے میری طرف دیکھے بغیر پوچھا۔

اُن کی آواز سن کر میں چونک پڑا۔ میرا اندازہ تھا کہ انھیں میرے باہر آنے کا پتہ نہیں چلا۔ میں نے دھیمے آواز میں کہا، 'نہیں، ابھی نیند نہیں آئی۔'

ان کے پاؤں کے نیچے پتے دبتے تو سرر- سرر، جیسی آواز رات کے سنّاٹے میں گونج جاتی۔ ہوا اور تیز ہوگئی تھی۔

'آج بہت اندھیرا ہے،' میں بولا

'آج کل اندھیری راتیں ہیں۔'

کبھی کبھی اپنی نظر اوپر اٹھا کر وہ کسی درخت کو دیکھتیں جس کی شاخوں کے درمیان سے آکاش میں چمکتے تارے دکھائی دیتے۔

'آج تارے بہت قریب دکھائی دے رہے ہیں،' میں نے کہا۔

انھوں نے کوئی جواب نہیں دیا۔

مارکنڈے

ہنسا جائی اکیلا

وہاں تک تو سب ساتھ تھے، لیکن اب کوئی بھی دو ایک ساتھ نہیں رہا۔ دس کے دسوں الگ الگ کھیتوں میں اپنی پنڈلیاں کھجلاتے، ہانپ رہے تھے۔

'سمجھاتے۔ سمجھاتے اُمر بیت گئی، پھر یہ ماٹی کا مادھو ہی رہ گیا۔ سسُر ملیں تو کس کر مرمت کر دی جائے آج!' بابا اپنے پھٹے ہوئے گھٹنے سے خون پونچھتے ہوئے ٹھٹھا کر ہنسے۔

پاس کے کھیت سے پھنسے بھگنو سنگھ ہنسی کے مارے لوٹ پوٹ ہوتے ہوئے ان کے پاس پہنچے۔

'پکڑ تو نہیں گیا سسُرا؟ باپ رے... بھیّا، وہ سب آ ہی نہیں رہے ہیں؟' اور وہ لپک کر چار قدم بھاگے، لیکن بابا کے ٹھہراؤ نے انھیں روک لیا۔ دونوں آدمی چپ چاپ اِدھر اُدھر دیکھنے لگے۔

ساون بھادوں کی کالی رات، رِم جھم بوندیں پڑ رہی تھیں۔

'کا کیا جائے، راستہ بھی تو چھوٹ گیا۔ پتہ نہیں کہاں ہیں ہم لوگ۔'

'کسی مینڈ پر چڑھ کر، اِدھر اُدھر دیکھا جائے۔ میرا تو گھٹنا پھوٹ گیا ہے!'

'بوڑھوا کیسے حقّہ پٹک کے دوڑا تھا!'

'ارے بھیا، کچھ نہ پوچھو!' مگنو ہو ہو کر کے ہنسنے لگے۔ اسی بیچ زور کی آواز

سُنائی پڑی۔

ہنسا جائی اکیلا، ای دیہیا نا رہی
مل لے، دھولے، نہالے، کھالے
کرنا ہو سو کرلے،
ای دیہیا ....

دس ایک بگھے کے ارد گرد، اندھیرے اور خوف میں دھنسی ہوئی پوری منڈلی سمٹ آئی۔ چہرے کسی کے نہیں دکھائی پڑتے، لیکن ہنسی کے مارے سب کا پیٹ پھول رہا تھا۔ اسی بیچ تھوک گھونٹنے کی سی آواز کرتا ہوا وہ آیا اور زور سے ہنسنے لگا۔

'ہو گئی گلتی بھیّا، ہیں کا جانوں کہ مہریا ہے۔ سمجھا، تم میں سے کوئی رُک گیا ہے۔'

مگنو نے کہا، 'سرو، سانڈ ہو رہے ہو۔ اب مرد مہرارو میں بھی تمھیں بھید نہیں دکھائی پڑتا؟'

'ناہیں، مائی، جب ٹھوکر کھا کر گرنے کو ہوئے نا، میں نے سہارے کے لیے اسے پکڑ لیا۔ پھر جو معلوم ہوا تو ہکبکا گیا۔ تبھی بوڑھوا نے ایک لاٹھی جمادی۔ کھیر، کہو نکل بھاگا۔' اس نے جھک کر اپنی ٹانگوں پر ہاتھ پھیرا۔ نیچے سے اوپر تک جھربیری کے کانٹے چبھے ہوئے تھے۔

'سسُر کو بیچ میں کرلو۔' بابا نے کہا۔

مگنو کہنے لگے، 'چلو مہرارو تو چھو لیا، سسُرے کی قسمت میں لکھی تو ہے نہیں۔'

اُسے لوگ ہنسا کہتے ہیں، کالا چٹا، بہت ہی تگڑا آدمی ہے۔ اس کے بھاری چہرے میں مٹر سی آنکھیں اور آلو سی ناک، اس کی شخصیت کی وسعت کو بہت محدود کر دیتی ہیں۔ سینے پر اُگے ہوئے بال، کسی دیوار پر اُگی ہوئی گھاس کا احساس کراتے ہیں۔ گھٹنے تک کی دھوتی اور مارکین کا دوگزی گمچھا اس کا پہناوا ہے۔ ویسے اس کے پاس ایک دوہرا کرتا بھی ہے، لیکن وہ موقعے، جھونکے یا ٹھاری کے دنوں میں ہی نکالتا ہے۔ کرتا پہن کر نکلنے پر، گاؤں کے لڑکے اسی طرح اس کا پیچھا کرنے

لگتے ہیں، جیسے کسی بھالو کا ناچ دکھانے والے مداری کا۔
'ہنسا دادا دولہا بنے ہیں، دُولہا' اور ننھے ننھے چوہوں کی طرح اس کے جسم پر رینگنے لگتے ہیں۔ کوئی چوٹیا اکھاڑتا ہے، تو کوئی کان میں پوری کی پوری انگلی ڈال دیتا ہے۔ کوئی لکڑی کے ٹکڑے سے ناک کھجلانے لگتا ہے، تو کوئی اس کی بڑی بڑی چھاتیوں کو منہ میں لے کر، 'ہنسا مائی، ہنسا مائی'، کا نعرہ لگانے لگتا ہے۔ اسی بیچ ایک موٹا سوٹا آجاتا ہے، وہ ہنسا کے کندھے سے سٹا کر لگا دیا جاتا ہے اور ہنسا دو ایک بار اس پر انگلیاں دوڑا کر، آلاپ بھرتے بھرتے رُک کر کہتا ہے، 'بس نہ۔'
اور لڑکے چلاّ پڑتے ہیں، 'نہیں، دادا۔ اب ہو جائے!' کوئی پیر سے لٹک جاتا ہے، تو کوئی ہاتھ سے۔ پھر وہ مگن ہو کر گانے لگتا ہے، 'ہنسا جائی اکیلا، ای، دیہیا نا رہی ...'

اس دن بارہ بجے رات کو گاؤں لوٹ کر ہنسا سیدھے بابا کے دالان میں آیا۔ لالٹین جلائی گئی۔ ہنسا اپنی پنڈلیوں میں دھنسے جھر بیری کے کانٹوں کو چننے لگا۔ جیسے جاڑے میں جلتر پڑ جاتے ہیں، اسی طرح ہنسا کے ٹانگ میں گڑے تھے۔
بابا نے کہا، 'کہاں جائے گا ٹھونکنے پکانے اتنی رات کو، یہیں دو روٹی کھا لے!' اور جھر بیری کے کانٹے دیکھے، تو انھیں جیسے آج پہلی بار ہنسا کی اندرونی زندگی کی جھلک دکھائی دی۔ اتنی کھیت باری، ایسا گھر دُوار، لیکن ایک ہیرا کے بنا بلاّ کی طرح گھومتا رہتا ہے۔ بابا اٹھ کر ہنسا کی پنڈلیوں سے کانٹے چننے لگے۔
اسے رتوندھی کی بیماری ہے۔ اسی لیے رات کو وہ گاؤں سے باہر نہیں جاتا۔ وہ تو مجگواں کا دنگل تھا، جو اُسے کھینچ لے گیا۔ بابا سر تاج ہیں پہلوانوں کے، بھلا کیوں نہ جاتے۔ بیر ڈوب گئی وہیں۔ چلے تو اندھیرا گھر آیا تھا۔ پانچ میل کا راستہ تھا۔ ہنسا دس لوگوں کی ٹول کے بیچ میں چل رہا تھا۔ کئی بار اس کے پاؤں لوگوں سے لڑے، تو لوگوں نے گالیاں دیں اور اسے پیچھے کر دیا۔ ہنسا گالیوں کا بُرا نہیں مانتا۔ وہ بہت سارے کام گالی سننے کے لیے ہی کرتا ہے۔ گاؤں کے بوڑھوں بزرگوں کے اس دعا سے اسے پیار ہے۔

وہ پیچھے پیچھے آرہا تھا۔ راستے میں ایک گاؤں آیا، تو گلیوں کے چکر میں وہ ذرا پیچھے رہ گیا۔ ایک جھونپڑی کے آگے ایک بوڑھا بیٹھا حقہ گرمائے تھا۔ اس کی جوان بہو کسی کام سے باہر آئی تھی، دس آدمیوں کی لمبی قطار دیکھ کر بغل میں کھڑی ہو گئی۔ پھر ہنسا کے آگے سے وہ نکل جانے کو ہوئی، تو اتفاق سے ہنسا کے پاؤں اس سے لڑ گئے اور اندھیرے میں گرتے گرتے وہ ہنسا کے بازوؤں میں آ گئی۔ بہو چیخ اٹھی۔ بوڑھا حقہ پھینک کر ڈنڈا لیے دوڑا۔ لیکن ہنسا نکل گیا۔ دوسرا ڈنڈا اس کی بہو کی ہی پیٹھ پر پڑا۔ یہ گئے، وہ گئے اور ساری منڈلی رات کے اندھیرے میں کھو گئی۔ سب کی تو آنکھیں ساتھ دے رہی تھیں، لیکن ہنسا کھائیوں خندقوں میں گرتا پڑتا بھاگتا رہا۔

بابا کانٹا چننے جا رہے تھے۔ ہنسا اپنی مٹر سی آنکھوں کو بار بار اپنے بھالو کے سے بالوں میں دھنساتا — ہاتھ کو کانٹے مل جاتے، لیکن آنکھیں نہ ڈھونڈ پاتیں۔ رہ رہ کر راستے کا وہ واقعہ اس کے سامنے ناچ جاتا۔ کیا سوچتی ہوگی بےچاری؟ اور وہ بابا کی طرف دیکھنے لگتا۔

'بڑی چوک ہو گئی' بھیا، سمجھو، نکل بھاگے کسی طرح نہیں تو جانے کیا کہتی دنیا؟ ہمیں تو یہی سوچ کر اور لاج لگ رہی تھی کہ تم بھی ساتھ تھے۔'

'ارے، یہ کیا کہتا ہے، ہنسا'

'یہی کہ آپ کے ساتھ ایسے لوگ رہتے ہیں۔ کتنا ناؤ گاؤں ہے۔ کتنی ہنسائی ہوتی۔'

ہنسا کبھی کوئی بات سوچتا نہیں، لیکن آج بار بار اس کا دماغ الجھ جاتا تھا۔ اگر بھیا چاہیں تو....

اسی بیچ آجی پوڑیاں تھال میں لیے باہر آئیں۔ ہنسا ہڑبڑا کر اٹھ گیا۔ بہت دن پر بھوجی کو دیکھا تھا۔ رات نہ ہوتی تو وہ باہر کیوں آتیں۔ اس نے سلام کیا۔ تھال تھامنے ہی جا رہا تھا کہ انھوں نے مذاق کر دیا، 'کہیں ڈڑوا رڈا کے رہے کا، بٹوا، جو آج کانٹا بنائے رہا ہے۔'

'کچھ نہ کہو، بھوجی۔' ہنسا کہہ رہا تھا کہ بابا بول اٹھے، 'پھنسی گیا تھا ہنسوا آج،

وہ تو خیر مناؤ، بچ گیا، نہیں تو وہ پڑتی کہ یاد کرتا۔ ایک عورت کو اِس نے...،

'اب ہنسی ٹھٹھولی چھوڑ کر، بیاہ کرو۔ جب تک دیہہ کڑی ہے، دنیا جہان ہے نہیں تو روٹی کے بھی لالے پڑ جائیں گے۔ کہتے کیوں نہیں اپنے بھیا سے؟ گونگے بہرے، کنے بلی سب کا بیاہ رچاتے رہتے ہیں، لیکن تمھارا دھیان نہیں کرتے۔ کھیت باڑی، جگہ زمین تو سب ہے۔'

بابا کچھ نہیں بولے، لگا سیندھ پر پکڑے گئے ہوں۔ آجی جانے لگیں، تو بابا نے تیل بھیجنے کو کہا۔

تیل کی کٹوری لے کر ہنسا بابا کے پاؤں کے پاس جا بیٹھا۔

'اپنے پیروں میں لگاؤ نا ہنسا؟ درد کم ہو جائے گا۔'

'گجب کہتے ہو، بھیا۔ ارے لگایا بھی ہے کبھی تیل۔'

اور وہ بابا کی موٹی ران پر جھک گیا۔

'منوں تیل پی گئیں یہ رانیں؟ کتنے تو تیل ہی لگا کر پہلوان ہو گئے...' ہنسا کہنے لگا۔

بابا چپ پڑے رہے۔ چھجے سے لٹکی ہوئی لالٹین میں گل پڑ گیا تھا، دھوئیں سے اس کا شیشہ کالا پڑ چکا تھا اور کابیکھ اوپر اڑنے لگی تھی۔

ہنسا اٹھا اور بتی بجھا کر لیٹ گیا۔

بھوجی کی بات ہنسا کے کانوں میں گونج رہی تھی —— جب تک دیہہ کڑی ہے ... ہنسا نے کروٹ لیتے لیتے بوڑھے کے ڈنڈے کی چوٹ کا ہاتھ سے انداز لیا اور بھُن بھُنانے لگا، 'جان بوجھ کر تو کچھ نہیں کیا۔ ہم تو بھیا کی طرح مہرارو کو آنکھ اٹھا کر بھی نہیں دیکھتے۔ یہ رتوندھی سالی جو نہ کرائے!' اس نے اِدھر اُدھر آنکھیں چلائیں، لیکن کچھ نہیں —— سب مٹ میلا، دھند۔

پالا پڑے چاہے پتھر، کام سے خالی ہو کر ہنسا بابا کے پاس ضرور آئے گا۔ کبھی دیش بدیش کی بات، کبھی مہابھارت، رامائن کی بات۔ لیکن، گنپتی مہاتما،

کی بات میں اُسے بڑا مزہ آتا ہے۔ کسی نے اسے سمجھا دیا ہے کہ گاندھی جی اوتاری پوروش ہیں۔

اس دن دالان میں کوئی نہیں تھا۔ شام کا وقت تھا۔ بابا کی چارپائی کے پاس بورسی میں آگ سلگ رہی تھی۔ جانور مَن مارے اپنی ناندوں سے منہ گاڑے تھے۔ رِم جھم پانی برس رہا تھا۔ کلوّا پاؤں سے پولی زمین کھود کر، چپ چاپ پڑا تھا۔ بیچ بیچ میں جب پتنگے کاٹتے تو وہ کُوں .. کُوں .. کر کے پاؤں سے گردن کھجلانے لگتا۔ اِسی وقت ایک آدمی پانی سے لت پت، کیچڑ میں اپنی سائیکل کو کھینچتا آیا اور جیسے ہی سائیکل کھڑی کر کے دالان میں داخل ہونے لگا، ہنسا نے کہا، 'جے ہند گنیس بابو۔'

'جے ہند ہنسا بھائی، جے ہند۔'

اس نے اپنے جھولے سے نوٹسوں کا پلندہ نکال کر، بابا کے آگے رکھ دیا۔ ہنسا بابا کے پاس بیٹھ گیا۔ بابا نوٹس پڑھ کر بولے، 'کیسے ہوگا، برکھا بُونی کا دن ہے۔'

ہنسا کچھ سمجھ نہیں سکا۔ جب اس کا پیٹ پھولنے لگا، تو وہ بول بیٹھا، 'کا ہے بھیّا۔'

'کوئی سشیلا بہن آج یہاں گاندھی جی کا سندیش سنانا چاہتی ہیں۔ ضلع کمیٹی کی نوٹس ہے۔'

'کا لکھا ہے نوٹس میں؟' ہنسا منہ کھول کر اُسے دیکھتا بولا، 'تنی بانچ دو بھیّا۔ گونئی بھی نہ ہوگی؟'

'ارے وہی، جاگا ہو بلموا گاندھی ٹوپی والے ...'

ہنسا نے کھونٹی پر ٹنگی ڈھول اتار کر گلے میں لٹکا لیا اور ایک طرف پڑے پھٹے جھنڈے کو لے کر لاٹھی میں ٹانگ لیا۔ دو بار ڈھول پیٹا۔ پھر— جاگا ہو بلموا گنہی ٹوپی والے آئے گئیلیں ... ٹوپی والے گئیلیں ... گاکر، ڈھول پر دھڑم دھڑام، گھم گھم ... دھڑم دھڑام، گھم گھم ...

منٹوں میں ہی پچاسوں لڑکے آ جٹے۔ چل پڑا ہنسا کا جلوس۔

'مسلا کے گونئی، جو نے میں ویر جواہر کی کہانی ہے ...'

'ڈل کے ڈل لریکا، بچّہ سب ... بولو، بولو، گنہی بابا کی جے؛'

اور پھر، جاگا ہو بلموا... اور ہنسا کی ڈھول گمکتی رہی۔

پل بھر میں ہی جیسے سارے گاؤں کو ہنسا نے جگا دیا ہو۔ جدھر سے دیکھو، لوگ چلے آرہے ہیں۔ لڑکے گاندھی بابا کو کیا جانیں ان کے لیے تو ہنسا ہی سب کچھ تھا۔ ایک ان کے آگے جھنڈا تان کر کہتا، 'بولو، بولو، ہنسا دادا کی ...!'

کچھ کہتے 'جے' اور کچھ 'چھے' پھر زور کی ہنسی چاروں طرف چھا جاتی۔

کچھ بوڑھے ناک پھُلاتے ہوئے، سُرتی کی ناس لے، اپنے مُتنلیوں کے ڈھیرے پر تیز چکّر دے کر کہتے، 'مل گیا سسُر کو ایک کام۔ گنہی بابا کا پایک کاہے نہیں ہو جاتا۔ کونوں، کنگریسی جات کو جات تھہر ادو مل جاتی۔ گنہی کو کوئی وچار تھوڑے ہے' چمار سیار کا چھُوا جھرکا نو کھاتے ہیں؛'

ہنسا کو فرصت نہیں ہے۔ بابو صاحب کا تکر پوس اور بابو رام کا چمک دار چادر تو آنا ہی چاہیے۔

بابا چپ چاپ بیٹھے ہیں۔ دھیرے دھیرے گاؤں سمٹتا آرہا ہے۔ دالان بھرتا جا رہا ہے۔ اندھیرے کی گاڑھی چادر پھیلتی جا رہی ہے۔ رِم جھم پانی برس رہا ہے۔ چار لالٹینیں جل رہی ہیں۔

'بلا تو لیا پانی بوئی میں۔ ہلّا بھی پورا مچا دیا۔ لیکن ٹھہریں گی کہاں سُشیلا؟ کچھ کھانا پینا...؛'

'آنے پر دیکھ لیں گے۔ اپنا گھر تو خالی ہی ہے۔ کھانے کی بھی فکر نہ کرو۔ گھی ہے ہی؛ پوڑی اوڑی بن جائے گی؛' کہتا ہوا ہنسا باہر نکلا۔

ہنسا سنبھال سنبھال کر چل رہا تھا —— اندھیرے کی وہی دھند، وہی مٹ میلا پن۔ آخر وہ کیا کرے کہ اسے دکھائی پڑنے لگے۔ وہ ایک بچّے کی مدد سے کسی طرح بابو صاحب کے دالان کے سامنے پہنچ گیا۔ پہاڑ سے تخت کو سر پر اٹھا لیا اور کسی طرح رینگتا رینگتا بابا کے دالان آ پہنچا۔

بابا بہت بگڑے، 'سسُرا مرنے پر لگا ہے؛'

ہنسا کو یہ جان کر بڑی خوشی ہوئی کہ سُشیلا جی آگئی ہیں۔ وہ بابا کے پاس بیٹھ،

ان کی باتیں بڑے دھیان سے پینے لگا۔

سشیلا جی ہنسا کے ٹھیک سامنے بیٹھی تھیں۔ لالٹین جل رہی تھی، لیکن وہ دیکھ نہیں پا رہا تھا کہ وہ کیسی ہیں۔

— آواز تو کڑی ہے، اور یہ گنے کے تازہ رس سی، مہک کہاں سے آ رہی ہے؟ ہنسا کھو گیا۔ سشیلا کا سال بھر پہلے کا گانا، 'جاگا ہو بلموا گاندھی ٹوپی آسے گیٹلیں ...' اس کے ہونٹوں پر تھرک اٹھا۔ سانولا، سانولا سا رنگ تھا، لمبا چھریرا بدن، روکھے روکھے سے بال اور تیز آنکھیں۔ کیسا اچھا گاتی تھیں — ہنسا سوچتا رہا۔

اسی بیچ کیرتن پروچن ہو گیا۔ سشیلا جی نے بھی بھاشن دیا اور ساری گرام منڈلی 'بنا دو دیا کے بھارت دیش، دن دن ہوتی ہے تیری خواری رے،' گنگناتی واپس جانے لگی۔ ہنسا کھویا بیٹھا رہا۔ کھنجڑی کی ڈم ڈم اور جھانجھ کی جھنکار ان کے کانوں میں گونجتی رہی۔ سشیلا کی پینی آواز اس کے دل کو زخمی کرتی رہی اور دنگل کی شام والے حادثے کا بھی اسے بار بار دھیان آتا رہا۔ دیکھو تو اِن آنکھوں کو۔ جو نہ کرا دیں۔ اور اس کی نسوں میں خونی جھنجھناہٹ بھر جاتی۔ یکایک 'گنہی مہاتما کی...' سن کر، وہ چونک پڑا اور زور سے چلّا پڑا، 'جے ... جے ...'

بہت رات بیت چکی ہے۔ ہنسا کے گھر میں پوڑیاں چھاننے کی تیاری ہو رہی ہے۔ آٹا گوندھا جا رہا ہے، ترکاری کٹ رہی ہے۔ آگ جل رہی ہے۔ لیکن اندر کے کمرے کے اسٹور سے گھی کون نکالے؟ ہنسا وہیں اِدھر اُدھر ٹہل رہا ہے۔ اس کی آنکھیں سشیلا جی کی آواز کا پیچھا کر رہی ہیں۔ سشیلا جی کبھی کبھی شرم میں پڑتی ہیں، لیکن ہنسا کے چوڑے سینے پر اُگے ہوئے بالوں کے جنگل میں وہ کھو جاتی ہیں۔ کتنا مردانہ آدمی ہے۔

لیکن ہنسا کے آگے وہ صرف ایک سائے کی طرح ہیں، جن کا بس روپ ہیں ہے آگے، اور سب کچھ ہے۔ میٹھی میٹھی، کھلکھلن بھری آواز اور ڈال کے تازہ پھل جیسی خوشبو۔ وہ بڑا خوش ہے۔ ایک عورت کے رہنے سے گھر کیسا ہو جاتا ہے،

اچھا لگتا ہے... وہ سوچ ہی رہا ہے کہ گھی کی مانگ ہوتی ہے۔ ہنسا اٹھتا ہے، لیکن چارپائی سے ٹھوکر کھا کر گر پڑتا ہے۔ سشیلا جی دوڑ کر اسے اٹھاتی ہیں۔ ہنسا شرم کے مارے ڈوب جاتا ہے۔

دھت تیری آنکھوں کی۔ اور وہ جلدی سے اٹھ کھڑا ہوتا ہے۔

سشیلا جی اس کا ہاتھ پکڑے تھیں، 'چوٹ تو نہیں آئی؟'

بے وقوفوں کی طرح آنکھیں جھپکا کر ہنسا ہنستا ہے۔ اس کے روئیں کھڑے ہو جاتے ہیں، اس کا کلیجہ دھڑکنے لگتا ہے۔

کوئی کہتا ہے' ہنسا دادا کو رتوندھی ہے، رتوندھی'

'رتوندھی! تو بتاؤ، کہاں ہے گھی؟ میں چلتی ہوں، ساتھ'

مینکا کے کندھے پر وشوامتر کے رکھے ہاتھ۔ ساون کا اندھیرا اور بادلوں کی رم جھم۔ بیچ بیچ میں ہوا کا سرد جھونکا۔

دونوں آنگن پار کرتے بوندوں میں بھیگتے ہیں۔ پیچھے سے آواز آتی ہے، 'لالٹین دوں؟'

'ایک ہی تو ہے۔ رہنے دو، کام چل جائے گا۔'

گھر کا اندھیرا بھنڈار۔ دونوں بھٹکتے ہیں۔ ہنسا کچھ بتاتا ہے سشیلا جی کچھ سنتی ہیں۔ آنکھ کچھ دیکھتی ہے۔ ہاتھ کچھ ٹٹولتے ہیں۔ بہر حال، پتہ نہیں، کہاں کیا ہے؟

اندھیرے میں جیسے آنکھ ویسے بے آنکھ۔ دونوں کو سہارا چاہیے۔ کبھی وہ لڑھکتا ہے اور دونوں بینائی والے ہو جاتے ہیں تیز بینائی والے۔

صبح کتوں کی چھاؤں چھاؤں کے درمیان، کارواں آگے بڑھ گیا۔ بیلوں کی گھنٹیاں بجیں۔ بھوجنگے بولے اور بابا نے اٹھ کر اپنا چھپن پتری والا بانس کا چھاتا اٹھایا اور نال کی طرف چل پڑے۔ نلائی ہو رہی تھی۔

راستے میں مگنو سنگھ مل گئے، 'لگ گئی پار، ہنسوا کی ناؤ'

'کیا ہوا؟'

کچھ نہ پوچھو بھیّا۔ تمھیں خبر ہی نہیں، سارے گاؤں میں رات ہی خبر پھیل گئی۔ وہ سسرا دروازے بٹھانے لائق نہیں ہے۔ کہتے تھے کہ کوئی رانڈ ریوا منڈھ دو اس کے گلے۔ کل رات بابو صاحب کے یہاں پنچایت ہوئی۔ طے ہوا کہ اب سبھا سوسائٹی کی چوکی، گاؤں میں نہیں رکھی جائے گی۔ عورت سورت کا بھاسن یہاں نہیں ہونے پائے گا۔ بہو بیٹیوں پر خراب اثر پڑتا ہے۔ بات یہ ہے بھیّا کہ راجہ صاحب اوٹ لڑ رہے ہیں کانگریس کے کھیلا پھ۔ بابو صاحب ان کو اوٹ دلانا چاہتے ہیں۔ آپ کے ڈر سے کچھ کہہ تو سکتے نہ تھے۔ اب موقعہ ملا ہے،'

'کیسا موقعہ؟' بابا جھلا کر بولے۔

اگنو آ کر ان کے چھاتے کے نیچے کھڑے ہو گئے۔ بولے،' الٹ دیا ہنسوا نے کل رات!'

'کیا مطلب؟'

'سچ مانو، کھانا پینا نہیں ہوا۔ جب بہت دیر ہونے لگی، تو بنگالے لالٹین لے کر دیکھا، اور باہر نکل کر سارے گاؤں میں ڈھنڈورا پیٹ دیا۔ ابھی تو سر سامان لے کر گھاٹ تک پہنچانے گیا ہے۔'

بابا چپ چاپ آگے بڑھ گئے۔ اس طرح کی بات سن کر برداشت کرنا اُن کے لیے مشکل ہے، لیکن نہ جانے کیوں انھیں ہنسی آ رہی تھی۔ تبھی دور سے ہنسا کی بھاری آواز سنائی دی

'جگ بیلہ موُلوُ جلُم کیلو نندی ... جگ ...
برہما کے موہلو، بسنوُ کے موہلو
سوجی کے پنچیا نچولو موری نندی... جگ ...

بابا کھڑے تھے۔ ہنسا دھیرے دھیرے پاس آ گیا۔ اندھیرا چھٹ گیا تھا۔ ہنسا ڈر گیا ـــ کیسے کھڑا ہوں بھیّا کے سامنے، کیسے؟

کچھ دیر دونوں چپ رہے۔ بابا نے دیکھا۔ ہنسا کے ہاتھوں کھادی کے کچھ کپڑے تھے، لیکن اس کی نگاہ نیچے زمین پر دھنسی تھی۔

'ہنسا!' بابا بہت سخت آواز میں بولے،' جہاں پہنچ گئے ہو، وہاں سے واپس

نہیں آنا ہوگا۔'

'بھیا! بوٹی بوٹی کٹ جاؤں گا، لیکن یہ کیسے ہوسکتا ہے۔'

ہنسا جانے لگا، تو بابا نے کہا، 'گھر جاکر سیدھا سامان باندھے آنا۔ آج مچھری پکڑواؤں گا۔ وہیں کھاوال پر پینے گی۔'

'اچھا بھیا،' کہہ کر ہنسا اپنی بٹن سی آنکھوں کو پونچھتا ہوا چلا گیا۔

گاؤں کے چناؤ میں دھوم مچی تھی۔ بابو صاحب بھنوٹی کے ساتھ کانگریس کی مخالفت کر رہے تھے۔ ان کے پیڑوں پر اشتہار ٹانگ دیئے جاتے، تو ان کے آدمی اکھاڑ دیتے۔ کسان بلوائے جاتے، انھیں دھمکایا جاتا۔ کھیت نکال لینے کی، جانوروں کو ہانک دینے کی بات کہی جاتی اور ہنسا سشیلا کی کہانی کا پرچار کیا جاتا۔ —— بھرشٹ ہیں سب۔ ان کا کوئی دین دھرم نہیں ہے۔ گنہی تو تیلی ہے... اور ہنسا اب مکمل رضا کار بن گیا ہے۔ کھادی کا کرتا دھوتی اور ہاتھ میں لمبی لاٹھی میں ترنگا۔ بغل میں بگل لٹکا رہتا ہے اور وہ بابو کے سندیش کی پرچی بانٹتا پھرتا ہے۔

'بابو صاحب جو کہیں مان لو۔ پوڑی میٹھائی راجہ کے تمو میں کھاؤ۔ کھرچا کھوراک بابو صاحب سے لو، اور موٹر میں بیٹھو۔ لیکن کنگریس کا بکسا یاد رکھو۔ وہاں جاکر کھانا پینا بھول جاؤ۔ کنگریس تمھارے راج کے لیے لڑتی ہے۔ بے دکھلی بند ہوگی۔ چھوا چھات بند ہوگا۔ جنتا کا راج ہوگا۔ ایک بار بولو، بولو گنہی مہاتما کی جے! ... جے...'

گھر گھر میں، فرد فرد میں سشیلا کے بھاؤ نے گانوں کی دھنیں گونجنے لگیں۔ گاؤں کے بچے ہنسا دادا کے پیچھے، ہاتھوں میں اخبار کی رنگ کر بنائی گئی جھنڈیاں لیے اِدھر سے اُدھر چکر لگایا کرتے تھے۔

انھیں دنوں گاؤں میں رام لیلا ہونے کو تھی۔ بابو صاحب کی پارٹی کے رام لکشمن بنے تھے، لیکن راون بننے والا کوئی نہیں ملتا تھا۔ لوگ کہتے، راون بننے والا مرجاتا ہے۔ کوئی تیار نہ ہوتا تھا۔

بابا دشمی کے مالک تھے۔ ہنسا کیسے برداشت کرتا کہ لیلا خراب ہو۔ اوپر سے

سشیلا جی لیلا ختم ہونے پر بھاشن کرنے والی تھیں۔ ہنسا سوچنے لگا، کیا ہو؟ اچانک لڑکوں نے تالیاں بجائیں اور ہنسا دادا کو گھیر لیا۔ جلدی جلدی کالا چوغہ راون کے گلے میں ڈال دیا گیا۔ سر پر پگڑی باندھ کر دس منہ والا چہرہ ہنسا دادا نے پہن لیا۔ ہاتھ میں تلوار لی اور گرج کر بولے، 'میں راون ہوں، کہاں ہے دُشٹ رام؟'

لیکن بچے نے اپنی چھڑی میں لگا ہوا ترنگا فوراً دشانن کے سر پر لگا دیا اور سبھی لوگ زور زور سے ہنسنے لگے۔ اسی بھیڑ میں سے کسی نے چلاّ کر کہا، 'گنہی مہاتما کی جے... جے... ہو!'

راون بھاشن دینے لگا، 'بھائیو! رام راجہ تھا۔ دیکھو، چھوٹی جات کا کوئی کبھی رام نہیں بننے پاتا ہے۔ راکشس سب بنتے ہیں۔ براہیم، کالو، پھلئی، بھیدر، سبھی کی پالٹی ہے، ہماری۔ یہ جنتا کی لڑائی ہے۔ بول دو دھاوا؟' اور ہنسا ہاتھ پاؤں ہلاتا آگے کو چل پڑا۔ پیچھے پیچھے ساری راکشسی سینا۔ کسانوں کے بندر بنے لڑکے بھی اپنا چہرہ لگائے، گدا لیے، جنتا کی پارٹی میں شامل ہو گئے۔ رام بے چارے اکیلے بیٹھے رہ گئے۔ رامائن بند ہو گئی۔ تیواری چلانے لگا، لیکن کون سنتا ہے۔

گنہی مہاتما کی جے!... ہنسا داد کی جے...!

بابا ہنسی کے مارے لوٹ پوٹ ہو رہے تھے۔ ان سے کچھ کہتے ہی نہیں بنتا تھا۔ راکشسی سینا کے کالے رنگ میں رنگے منہ اور ہاتھوں میں ترنگے جھنڈے دیکھ کر، لوگ رام کے لیے خریدی مالائیں ہنسا کے ہی اوپر پھینکنے لگے۔

اسی درمیان سشیلا جی تیر کی طرح بھیڑ میں داخل ہوئیں، 'کون بنا ہے راون؟ کیا ترنگا اسی لیے ہے؟' انھوں نے ہاتھ سے چہرے کو دھکیل دیا۔ اچانک ہنسا کو دیکھ کر وہ پسینے پسینے ہو گئیں۔

'یہی رضاکار ہو! بدنام کرتے ہو جھنڈے کو! بند کرو یہ سارا تماشہ، ہونے دو رام لیلا ٹھیک سے۔'

سب لوگ اپنی جگہ پر لوٹ گئے۔ بابا چپ چاپ کھڑے تھے۔ سشیلا جی

چپ چاپ اپنا جھولا سنبھالے ان کے بغل میں آکھڑی ہوئیں۔

لڑائی چلتی رہی۔ لنگاڑے اور ڈھول بجتے رہے، رنگے ہوئے تیر چھوٹتے رہے، لیکن راون مرے تو کیوں مرے۔ چوپائی بار بار ٹوٹتی۔ ویاس بار بار کہتا، 'سو جاؤ' لیکن کون سنتا ہے۔ ہنسا کی سینا کیوں ہارے؟

اسی وقت لکشمن کو زمین سے ٹھوکر لگی۔ وہ لڑھک پڑے۔ ان کا تاج گر گیا۔ آگے پیچھے دوڑتے دوڑتے رام کو چکّر آگیا، اور ان کو اُلٹی ہونے لگی۔ سارے میلے میں شور مچ گیا، 'جیت گئی جنتا کی فوج، ہنسا داد کی پالٹی ایسے ہی ووٹ جیت لے گی!'

ادھر دن رات سشیلا کھنجڑی بجاتی، گھومتی رہتیں اور رات ہنسا کے گھر لوٹ آتیں۔

دوسری پارٹی کے لوگوں نے چٹھیاں بھجوائیں —— سشیلا جی کو یہاں سے بُلا لیا جائے۔ جنتا پر بُرا اثر پڑ رہا ہے... چناؤ کے دو دن پہلے انھیں نوٹس ملی کہ وہ باپو کے آدرشوں کو توڑ رہی ہیں، اس لیے انھیں کام سے الگ کیا جاتا ہے۔

وہ ہنس پڑی تھیں، ایشور نے پتی سے الگ کیا اور اب باپو کے نقلی چیلے انھیں جنتا سے الگ کرنا چاہتے ہیں؟

ان کی کھنجڑی اور زور سے بجنے لگی، ان کی آواز اور تیز ہو گئی۔

چناؤ میں دو دن رہ گئے۔ سشیلا جی بیمار پڑ گئیں۔ ہنسا کے گھر میں ان کا ڈیرہ پڑا تھا۔ وہ بخار کی تپش سہ رہی تھیں، لیکن کسی کو اپنے پاس بیٹھنے نہیں دیتی تھیں۔ رات جب ہنسا لوٹتا، تو وہ اس سے کہتیں، 'تم سناؤ اپنا بھجن'، اور ہنسا بنا کچھ سوچے وچارے گانے لگتا:

'ہنسا جائی اکیلا، ای دیہیا نا رہی...'

پھر پرچار کی خبر لے کر، وہ اس کے بالوں بھرے سینے میں منہ چھپا لیتیں۔

چناؤ کا دن آگیا، لیکن سشیلا جی بستر سے نہیں اٹھیں۔ کسانوں کی جے جے کار کرتی ہوئی ٹولی گزرتی، تو وہ اپنے بستر میں تڑپ کر رہ جاتیں۔ ہنسا انھیں بہت

روکتا، لیکن وہ اُٹھ کر ان سے ملتیں۔ بابا بہت سمجھاتے، لیکن نہ مانتیں۔

چناؤ کے دن ڈولی میں اٹھاکر وہ پولنگ پر لے جائی گئیں۔ وہیں پیڑ کے نیچے بیٹھے بیٹھے انھیں کئی بار چکر آیا اور بے ہوش ہوگئیں۔

ووٹ پڑتا رہا۔ کسان راجہ صاحب کے کیمپ میں کھانا کھاتے، ان کی موٹر میں آتے، لیکن ووٹ ڈالتے کانگریس کے بکس میں۔ انھیں سوراج ملے گا، انھیں آزادی ملے گی؛ یہی سب سوچتے تھے۔

تیسرے پہر زور کی بارش آئی۔ سشیلاجی سائے میں جاتے جاتے بھیگ گئیں۔ بابا نے انھیں ڈولی میں بیٹھا کر، گھر بھیج دیا۔ چناؤ چلتا رہا۔

ہنسا بھوت کی طرح کام میں جٹا تھا۔ بہت دیر پر کبھی اسے سشیلا کی یاد آتی تو من کو دبا کر پھر پرچی بانٹنے لگتا۔ بہت کم ووٹ راجہ کے بکس میں گرے۔ شام ہوگئی۔ راجہ کا تمبو ہارے ہوئے کارکنان سے بھر گیا۔ ہنسا انھیں دیکھ کر جانے کیوں غصے سے جل رہا تھا۔ اسے بار بار سشیلا کی یاد آرہی تھی۔

'بھیّا، کچھ اور ہونا چاہیے۔'

'مجھے چلے جانے دو، ہنسا'

اور پچیس تیس لوگ ہنسا لے کر راجہ صاحب کے تمبو کی ڈوریوں کے پاس کھڑے ہوگئے۔ کون جانے کیوں کھڑے ہیں؟ ہنسا نے فتح کا بگل بجایا اور سارا تمبو ایک منٹ میں زمین پر تھا۔ زور کا شور مچا۔ کسانوں نے جے جے کار کی، اور لوگ اپنے گھروں کو واپس چلے گئے۔

سشیلاجی کو نمونیا ہوگیا۔ ان کی سانس پھنس گئی۔ بابا رات دن ان کے پاس بیٹھے رہے۔ ہنسا نے زمین آسمان ایک کردیا، لیکن فائدہ نہ ہوا۔ وہ بار بار مہاتماجی کا نام لیتیں، ہنسا سے ان کا بھجن سنتیں اور آنکھیں بند کرلیتیں۔

چناؤ کا نتیجہ سنایا گیا، تو نیتا لوگ موٹر پر چڑھ کر سشیلاجی سے معافی مانگنے آئے۔ لیکن سشیلاجی نے منہ پھیر لیا، جیسے وہ کہتی ہوں، 'میں تمھارے کرتب جانتی ہوں!' اور ہنسا اٹھ کر باہر چلا گیا۔

آخر میں ایک دن سشیلا جی کی سانس بند ہو گئی۔ ہائے مچ گئی۔ بچے پھوٹ پھوٹ کر رونے لگے۔ ہنسا نے بکری کے لیے پتا توڑنے والی لگی میں ترنگے ٹانگ کر، ہاتھوں سے اوپر اٹھا لیا اور اپنا بگل پھونکنے لگا۔ اس کی ہنسی لوگوں کے من میں خوف پیدا کرنے لگی لیکن وہ ہنستا رہا۔

آج تک گنہی مہاتما، جواہر لال اور جنتا کی پھوج، یہی تین لفظ وہ جانتا ہے۔ لڑکے اب بھی اسے اسی طرح گھیرے رہتے ہیں۔ لیکن پہاڑ سے تخت کو وہ اٹھا نہیں سکتا۔ ہاں اٹھا کر لے جانے والوں کو دیکھ کر وہ زور زور سے ہنستا ہے اور گھنٹوں ہنستا رہتا ہے۔

اس کے کھیت میں گھاس اُگ گئی ہے۔ مکان ڈھیہ گیا ہے۔ لیکن لگی میں پھٹا ترنگا اور سشیلا کا دیا ہوا بگل اب بھی ٹنگا رہتا ہے۔ کبھی کبھی وہ گندے کاغذ دیواروں پر چپکاتا پھرتا ہے اور کبھی سارے گاؤں کی گلیاں صاف کر آتا ہے۔

آزادی ملی، تو اسے روپے ملے۔ سیاسی مظلوم تھا، وہ۔ لیکن وہ روپیوں کی گڈی لے کر ہنستا رہا، اور پھر انھیں گاؤں کی دیواروں میں ایک ایک کر کے ٹانگ آیا۔

دو بار لوگ اُسے آگرہ لے گئے۔ لیکن کچھ ہی دنوں بعد پھر 'ہنسا جائی اکیلا' کی آواز گاؤں کی فضا میں گونجنے لگتی۔

اب بھی کبھی کبھی وہ آزادی لینے کی قسمیں کھاتا ہے۔ اس کے تمتمائے ہوئے چہرے کی نسیں تن آتی ہیں اور وہ اپنا بگل پھونکتا ہوا، کبھی دھان کے کھیتوں، کبھی گنے اور مکّی کے کھیتوں کی مینڈوں پر گھومتا ہوا گایا کرتا ہے:

'ہنسا جائی اکیلا...'

شیکھر جوشی

پن چکّی والا

گسائیں کا من چلم میں بھی نہیں لگا۔ میہل کی چھاؤں سے اٹھ کر وہ پھر ایک بار گھٹ (پن چکّی) کے اندر آیا۔ ابھی کھپڑ میں ایک چوتھائی سے بھی زیادہ گیہوں باقی تھا۔ کھپڑ میں ہاتھ ڈال کر اس نے بے مطلب ہی آٹا پلٹا اور چکّی کے پاٹوں کے دائرے میں پھیلے ہوئے آٹے کو جھاڑ کر ایک ڈھیر بنا دیا۔ باہر آتے آتے اس نے پھر ایک بار اور کھپڑ میں جھانک کر دیکھا، جیسے یہ جاننے کے لیے کہ اتنی دیر میں کتنی پسائی ہو چکی ہے، لیکن اندر کی مقدار میں کوئی خاص فرق نہیں آیا تھا۔ کھس کھس کی آواز کے ساتھ بہت دھیمی رفتار سے اوپر کا پاٹ چل رہا تھا۔ گھٹ کا داخلے کا دروازہ بہت کم اونچا تھا، خوب نیچے تک جھک کر وہ باہر نکلا۔ سر کے بالوں اور بانہوں پر آٹے کی ایک ہلکی سفید پرت بیٹھ گئی تھی۔

کھمبے کا سہارا لے کر وہ بڑبڑایا، 'جا سالا! صبح سے اب تک دس پنسیری بھی نہیں ہوا۔ سورج کہاں کا کہاں چلا گیا ہے۔ کیسی انہونی بات ہے'

بات انہونی تو ہے ہی۔ جیٹھ بیت رہا ہے۔ آسمان میں کہیں بادلوں کا نام و نشان بھی نہیں۔ پچھلے سالوں اب تک لوگوں کی دھان روپائی پوری ہو جاتی تھی۔ لیکن اس سال ندی نالے سب سوکھے پڑے ہیں۔ کھیتوں کی سینچائی تو در کنار، بیج کی کیاریاں سوکھی جا رہی ہیں۔ چھوٹے نالے، گلوں کے کنارے گھٹ مہینوں سے

بند ہیں۔ کوسی کے کنارے ہے گسائیں کا یہ گھٹ۔ لیکن اس کی بھی چال ایسی کہ لدّو گھوڑے کی چال کو مات دیتی ہے۔

چکّی کے نچلے حصّے میں 'پُھپھر، پُھپھر' کی آواز کے ساتھ پانی کو کاٹتی ہوئی متھانی چل رہی تھی۔ کتنی دھیمی آواز۔ اچھے کھاتے پیتے گوالوں کے گھر میں دہی کی متھانی اس سے زیادہ شور کرتی ہے۔ اسی متھانی کا وہ شور ہوتا تھا کہ آدمی کو اپنی بات نہیں سنائی دیتی اور اب تو بھلے ندی پار کوئی بولے، تو بات یہاں سنائی دے جائے۔

چھپ ... چھپ ... چھپ ... پرانی فوجی پینٹ کو گھٹنوں تک موڑ کر گسائیں پانی کی گول کے اندر چلنے لگا۔ کہیں کوئی سوراخ، نکاس ہو، تو بند کر دے۔ ایک بوند بھی پانی باہر نہ جائے۔ بوند بوند کی قیمت ہے ان دنوں۔ اکثر آدھا فرلانگ چل کر وہ باندھ پر پہنچا۔ ندی کی پوری چوڑی کو گھیر کر پانی کا بہاؤ گھٹ کی گول کی طرف موڑ دیا گیا تھا۔ کنارے کی مٹی گھاس لے کر اس نے باندھ میں ایک دو مقام پر نکاس بند کیا اور پھر گول کے کنارے کنارے چل کر گھٹ کے پاس آگیا۔

اندر جاکر اس نے پھر پاٹوں کے دائرے میں پھیلے ہوئے آٹے کو بُہار کر ڈھیری میں ملا دیا۔ کھپّر میں ابھی تھوڑا بہت گیہوں باقی تھا۔ وہ اٹھ کر باہر آیا۔

دور راستے پر ایک آدمی سر پر پسان رکھے اس کی طرف آرہا تھا۔ گسائیں نے اس کی سہولت کے لیے وہیں سے آواز دی' ہیں ہو ! یہاں لمبر دیر میں آئے گا۔ دو دن کا پسان ابھی جمع ہے۔ اوپر امید سنگھ کے گھٹ میں دیکھ لو'۔

اس شخص نے مڑنے سے پہلے ایک بار اور کوشش کی۔ اونچی آواز میں پکار کر بولا، 'ضروری ہے جی، پہلے ہمارا لمبر نہیں لگا دوگے؟'

گسائیں ہونٹوں ہی ہونٹوں میں مسکرایا، ' سالا کیسا چیختا ہے، جیسے گھٹ کی آواز اتنی ہو کہ میں سن نہ سکوں'۔ کچھ کم اونچی آواز میں اس نے ہاتھ ہلا کر جواب دے دیا، 'یہاں ضروری کا بھی باپ رکھا ہے جی، تم اوپر چلے جاؤ'۔

وہ آدمی لوٹ گیا۔

میہل کی چھاؤں میں بیٹھ کر گسائیں نے لکڑی کے جلتے کُندے کو کھود کر چلم سلگایا اور گڑگڑ کرتا دھواں اڑاتا رہا۔

گھٹر گھٹر چکی کا پاٹ چل رہا تھا۔

کِٹ۔ کِٹ۔ کِٹ۔ کِٹ۔ کھپڑ سے دانے گرانے والی چڑیا پاٹ پر ٹکرا رہی تھی۔

پچھر پچھر کی آواز کے ساتھ متھالی پانی کو کاٹ رہی تھی۔ پتھروں کے بیچ میں ٹخنے ٹخنے تک پھیلا پانی کیا آواز کرے گا۔ پانی کے پیٹ سے نکل کر چھوٹے چھوٹے پتھر بھی اپنا سر اٹھائے آسمان کو تک رہے تھے۔ دوپہر ڈھلنے پر بھی اتنی تیز دھوپ! کہیں چڑیا بھی نہیں بولتی۔ کسی بھی پرندگی مانوس اور نامانوس آواز نہیں۔

سوکھی ندی کے کنارے بیٹھا گسائیں سوچنے لگا، کیوں اس شخص کو لوٹا دیا۔ لوٹ تو وہ جاتا ہی گھٹ کے اندر جمع ہوئے اناج کے تھیلوں کو دیکھ کر۔ دو چار پل کی بات چیت کا سہارا ہی ہوتا ہے۔

کبھی کبھی گسائیں کو یہ اکیلاپن کاٹنے لگتا ہے۔ سوکھی ندی کے کنارے یہ اکیلاپن نہیں، زندگی بھر ساتھ دینے کے لیے جو تنہائی اس کے دروازے پر دھرنا دے کر بیٹھ گئی ہے، وہی۔ جسے اپنا کہہ سکے، ایسے کسی آدمی کی آواز اس کے لیے نہیں، پالتو کتے۔ بلّی کی آواز بھی نہیں۔ کیا ٹھکانہ ایسے مالک کا، جس کا گھر بار نہیں... بیوی بچّے نہیں، کھانے پینے کا ٹھکانہ نہیں۔

گھٹنوں تک اٹھی ہوئی پرانی فوجی پینٹ کے موڑ کو گسائیں نے کھولا۔ گول میں چلتے ہوئے وہ حصّہ تھوڑا بھیگ گیا تھا۔ لیکن اس گرمی میں اسے بھیگی پینٹ کی یہ نمی اچھی لگی۔ پینٹ کی سلوٹوں کو ٹھیک کرتے کرتے گسائیں نے حقّے کی نلی سے منہ ہٹایا۔ اس کے ہونٹوں میں بائیں کونے پر ہلکی سی مسکان ابھر آئی۔ بیتی باتوں کی یاد... گسائیں سوچنے لگا، اسی پینٹ کی بدولت یہ تنہائی اسے ملی ہے... نہیں، یاد کرنے کو جی نہیں کرتا۔ پرانی... بہت پرانی باتیں وہ بھول گیا ہے، لیکن حوالدار صاحب کی پینٹ کی بات اسے نہیں بھولتی۔

ایسی ہی فوجی پینٹ پہن کر حولدار دھرم سنگھ آیا تھا... لانڈری کی دھلی، نوک دار، کریز والی پینٹ۔ ویسی ہی پینٹ پہننے کی خواہش لے کر گسائیں فوج میں گیا تھا۔ لیکن فوج سے لوٹا، تو پینٹ کے ساتھ ساتھ زندگی کی تنہائی بھی اس کے

ساتھ ساتھ آ گئی۔

پینٹ کے ساتھ اور بھی کتنی ہی یادیں زندہ ہیں۔ اس بار کی چھٹیوں کی بات...

کون مہینہ؟ ہاں، بیساکھ ہی تھا۔ سر پر کراس کھکھری کے کریسٹ والی، کالی کشتی نما ٹوپی کو ترچھا رکھ کر—— فوجی وردی پہنے وہ پہلی بار سالانہ چھٹی پر گھر آیا تو چیڑ کے جنگل کی آگ کی طرح خبر ادھر اُدھر پھیل گئی تھی۔ بچے بوڑھے، سبھی اس سے ملنے آئے تھے۔ چچا کا برآمدہ ایک دم بھر گیا تھا ٹھسا ٹھس۔ بستر کی نئی ایک دم صاف، جگ مگ، لال نیلی دھاریوں والی دری آنگن میں بچھائی پڑی تھی لوگوں کو بٹھانے کے لیے۔ خوب یاد ہے، آنگن کا گوبر دری میں لگ گیا تھا۔ بچے بوڑھے سبھی آئے تھے۔ صرف چنا گڑھ یا ہلدوانی کے تمباکو کا لالچ نہیں تھا، کل کے شرمیلے گسائیں کو اس نئے روپ میں دیکھنے کی بے چینی بھی تھی۔ لیکن گسائیں کی آنکھ اس بھیڑ میں جسے تلاش رہی تھیں، وہ وہاں نہیں تھا۔

نالے پار کے اپنے گاؤں سے بھینس کی کٹیا کو ڈھونڈنے کے بہانے دوسرے دن لچھما آئی تھی۔ لیکن گسائیں اس دن اس سے مل نہ سکا۔ گاؤں کے چھوکرے ہی گسائیں کی جان کو وبال ہو گئے تھے۔ بڈھے نرسنگھ پردھان ان دنوں ٹھیک—— ہی کہتے تھے، آج کل گسائیں کو دیکھ کر سوبنیاں کا لڑکا بھی اپنی پھٹی گھیر کی ٹوپی کو ترچھی پہننے لگ گیا ہے۔ دن رات بلّی کے بچّوں کی طرح چھوکرے اس کے پیچھے لگے رہتے تھے، سگریٹ بیڑی یا گپ شپ کے لالچ میں۔

ایک دن بڑی مشکل سے موقع ملا تھا اسے۔ لچھما کو پات پتیل کے لیے جنگل جاتے دیکھ کر وہ چھوکروں سے کانکڑ کے شکار کا بہانہ بنا کر اکیلے جنگل کو چل دیا تھا۔ گاؤں کی حد سے بہت دور، کافل کے پیڑ کے نیچے گسائیں کے گھٹنے پر سر رکھ کر، لیٹی لیٹی لچھما کافل کھا رہی تھی۔ پکے، گدرائے، گہرے سرخ سرخ کافل۔ کھیل کھیل میں کافلوں کی چھینا جھپٹی کرتے گسائیں نے لچھما کی مٹھی بھینچ دی تھی۔ ٹپ ٹپ کافلوں کا گاڑھا سرخ رس اس کی پینٹ پر گر گیا تھا۔ لچھما نے کہا تھا، ''اسے یہیں رکھ جانا، میری پوری بانہہ کی کرتی اس میں سے نکل آئے گی۔'' وہ کھِل کھِلا کر اپنی بات پر خود ہی ہنس دی تھی۔

پرانی بات۔ کیا کہا تھا گسائیں نے، یاد نہیں پڑتا... تیرے لیے مخمل کی کُرتی لادوں گا، میری شوا! یا کچھ ایسا ہی۔

لیکن لچھما کو مخمل کی کرتی کس نے پہنائی ـــــ پہاڑی پار کے رمولسنے جو لکڑی کی تلوار لے کر بیاہنے آیا تھا۔؟

'جس کے آگے پیچھے بھائی بہن نہیں، مائی باپ نہیں، پردیش میں بندوق کی نوک پر جان رکھنے والے کو چھوکری کیسے دے دیں ہم؟' لچھما کے باپ نے کہا تھا۔

اس کا من جاننے کے لیے گسائیں نے ٹیڑھے ترچھے بات چلوائی تھی۔

اسی سال منگ سِر کو ایک ٹھنڈی، اداس شام کو گسائیں کی یونٹ کے سپاہی کسن سنگھ نے کوارٹر ماسٹر اسٹور کے سامنے کھڑے اس سے کہا تھا، 'ہمارے گاؤں کے رام سنگھ نے ضد کی تھی، تبھی چھٹیاں بڑھانی پڑیں۔ اس سال اس کی شادی تھی۔ خوب اچھی عورت ملی ہے، یار۔ شکل صورت بھی خوب ہے، ایک دم پٹاخہ۔ بڑی ہنس مکھ ہے۔ تم نے دیکھا ہی ہوگا، تمھارے گاؤں کے نزدیک کی ہے۔ لچھما، لچھما کچھ ایسا ہی نام ہے۔'

گسائیں کو یاد نہیں پڑتا، کون سا بہانہ بنا کر وہ کسن سنگھ کے پاس سے چلا آیا تھا۔ رم ڈے تھا اس دن۔ ہمیشہ آدھا پیگ لینے والا گسائیں اس دن دو پیگ رم لے کر اپنی چار پائی پر پڑ گیا تھا۔ حوالدار میجر نے دوسرے دن پیشی کروائی تھی ـــــ ملیریا پریکاشن نہ کرنے کے جرم میں۔ سوچتے سوچتے گسائیں بڑبڑایا، ' سالا ایڈ جوٹنٹ۔'

گسائیں سوچنے لگا، اس سال چھٹیوں میں گھر سے وداع ہونے سے ایک دن پہلے وہ موقعہ نکال کر لچھما سے ملا تھا۔

'گنگا ناتھ جیو کی قسم، جیسا تم کہو گے، میں ویسا ہی کروں گی۔' آنکھوں میں آنسو بھر کر لچھما نے کہا تھا۔

برسوں سے وہ سوچتا ہے، کبھی لچھما سے ملاقات ہوگی تو وہ ضرور کہے گا کہ وہ گنگا ناتھ کا جاپ کر کے پرائشچت ضرور کر لے۔ دیوی دیوتاؤں کی جھوٹی قسمیں کھا کر انھیں ناراض کرنے سے کیا فائدہ؟ جس پر بھی گنگ ناتھ کی بددعا لگی، وہ کبھی پھل پھول نہیں

پایا۔ لیکن پھما سے کب ملاقات ہوگی، یہ وہ نہیں جانتا۔ لڑکپن: اسے سنگی، ساتھی، نوکری چاکری کے لیے میدانوں میں چلے گئے ہیں۔ گاؤں کی طرف جانے کا اس کا جی نہیں ہوتا۔ پھما کے بارے میں کسی سے پوچھنا اسے اچھا نہیں لگتا۔ جتنے دن نوکری رہی، وہ پلٹ کر نہیں آیا۔ ایک اسٹیشن سے دوسرے اسٹیشن کا والنٹیری ٹرانسفر لینے والوں کی فہرست میں نائک گسائیں کا نام اوپر آتا رہا——— مسلسل پندرہ سال تک۔

پچھلے بیساکھ میں ہی وہ گاؤں لوٹا، پندرہ سال بعد، ریزروبیں آنے پر۔ کالے بالوں کو لے کر گیا تھا، کھچڑی بال لے کر لوٹا۔ پھما کی ضد اسے اکیلا بنا گیا۔

آج اس تنہائی میں کوئی ہوتا، جسے گسائیں اپنی زندگی کی کتاب پڑھ کر سناتا۔ لفظ، حروف ... کتنا دیکھا، کتنا سنا اور کتنا محسوس کیا ہے اس نے ...

لیکن ندی کے کنارے کی یہ تپتی ریت، پن چکی کی کھڑ کھڑ اور میہل کی چھاؤں میں ٹھنڈی چلم کو بلا مقصد گڑ گڑاتا گسائیں۔ اور چاروں طرف اور کوئی نہیں۔ ایک دم ویران، خاموش، سنسان ...

یکایک گسائیں کا دھیان ٹوٹا ...

سامنے پہاڑی کے بیچ کی پگڈنڈی کے سر پر بوجھ لیے ایک نسوانی صورت اسی طرف چلی آ رہی تھی۔ گسائیں نے سوچا، یہیں سے آواز دے کر اسے لوٹا دے۔ کوسی کے پھکنے، کائی لگے پتھروں پر مشکل سے چل کر اسے وہاں تک آکر صرف ناامید لوٹ جانے کو کیوں وہ مجبور کرے۔ دور چلا چلا کر اناج منگوانے کی لوگوں کی عادت سے وہ تنگ ہو چکا تھا۔ اس وجہ سے آواز دینے کا اس کا جی نہیں ہوا۔ وہ صورت اب تک پگڈنڈی چھوڑ کر ندی کے راستے میں آ پہنچی تھی۔

چکی کی بدلتی آواز کو پہچان کر گسائیں گھٹ کے اندر چلا گیا تھا۔ کھپّر کا اناج ختم ہو چکا تھا۔ کھپّر میں ایک کم اناج والے تھیلے کو الٹ کر اس نے اناج کا نکاس روکنے کے لیے کاٹھ کی چڑیوں کو اُلٹا کر دیا۔ کِٹ کِٹ کی آواز بند ہو گئی۔ وہ جلدی جلدی آٹے کو تھیلے میں بھرنے لگا۔ گھٹ کے اندر سنائی کی چھپھر چھپھر کی آواز بھی بہ نسبت کم سنائی دے رہی تھی۔ صرف چکی کے اوپر والے پاٹ کی گھستی ہوئی

گھڑ گھڑاہٹ کا ہلکا دھیما سنگیت چل رہا تھا۔ تبھی گسائیں نے سُنا اپنی پیٹھ کے پیچھے، گھٹ کے دروازے پر، اس سنگیت سے بھی پیاری ایک نسوانی آواز، 'کب باری آئے گی؟ رات کی روٹی کے لیے بھی گھر میں آٹا نہیں ہے۔'

سر پر اناج رکھے ایک عورت اس سے یہ پوچھ رہی تھی۔ گسائیں کو اس کی آواز جانی پہچانی سی لگی۔ چونک کر اس نے پیچھے مڑ کر دیکھا۔ کپڑے میں اناج ڈھیلا بندھا ہونے کی وجہ سے بوجھ کا ایک سِرا اس کے چہرے کے آگے آگیا تھا۔ گسائیں اُسے ٹھیک سے نہیں دیکھ پایا، لیکن تب بھی اس کا من مشکوک ہوگیا۔ اپنے شبہ کو دور کرنے کے لیے وہ باہر آنے کو مڑا، لیکن تبھی پھر اندر جاکر اناج کے تھیلوں کو اِدھر اُدھر رکھنے لگا۔ کاٹھ کی چڑیاں کِٹ کِٹ بول رہی تھیں اور اسی رفتار کے ساتھ گسائیں کو اپنے دل کی دھڑکن کا احساس ہو رہا تھا۔

گھٹ کے چھوٹے کمرے میں چاروں طرف پسے ہوئے اناج کا گرد پھیل رہا تھا، جو اب تک گسائیں کے پورے جسم پر چھا گیا تھا۔ اس مصنوعی سفیدی کی وجہ سے وہ بوڑھا سا دکھائی دے رہا تھا۔ عورت نے اسے نہیں پہچانا۔

اس نے دوبارہ وہی الفاظ دُہرائے۔ اب وہ بھی تیز دھوپ میں بوجھ سر پر رکھے ہوئے گسائیں کا جواب پانے کو بے چین تھی۔ شاید منفی جواب ملنے پر وہ الٹے پاؤں لوٹ کر کسی دوسری چکّی کا سہارا لیتی۔

دوسری بار کے سوال کو گسائیں نہ ٹال پایا۔ جواب دینا ہی پڑا، 'یہاں پہلے ہی ٹیلا لگا ہے، دیر تو ہوگی ہی۔' اس نے دبی ہوئی آواز میں کہا۔

عورت نے کسی طرح کی خوشامد درامد نہ کی۔ شام کے آٹے کا انتظام کرنے کے لیے وہ دوسری چکّی کا سہارا لینے کے لیے لوٹ پڑی۔

گسائیں کمر جھکا کر گھٹ سے باہر نکلا۔ مڑتے وقت عورت کی ایک جھلک دیکھ کر اس کا شک یقین میں بدل گیا تھا۔ مایوس سا وہ کچھ لمحوں تک اسے جاتے ہوئے دیکھتا رہا اور پھر ہاتھوں اور سر پر گرے ہوئے آٹے کو جھاڑ کر وہ ایک دو قدم آگے بڑھا۔ اس کے اندر کی کسی غیبی قوت نے جیسے اُسے واپس جاتی ہوئی اس عورت کو بلانے کو مجبور کر دیا۔ آواز دے کر اُسے بلا لینے کو اس نے منہ کھولا، لیکن آواز نہ دے سکا۔

ایک جھجک، ایک مجبوری تھی، جو اس کا منہ بند کر رہی تھی۔ وہ عورت ندی تک پہنچ چکی تھی۔ گسائیں کے اندر شدید اتھل پتھل مچ گئی۔ اس بار جذبہ اتنا شدید تھا کہ وہ خود کو نہیں روک پایا، لڑکھڑاتی آواز میں اس نے پکارا، 'لچھما!'

گھبراہٹ کی وجہ سے وہ زور سے آواز نہیں دے پایا تھا۔ عورت نے یہ آواز نہیں سنی۔ اس بار گسائیں نے ٹھیک سے پھر پکارا 'لچھما!'

لچھما نے پیچھے مڑ کر دیکھا۔ میکے میں اسے سبھی اسی نام سے پکارتے تھے۔ یہ تخاطب اس کے لیے فطری تھا۔ لیکن اُسے شبہ شاید یہ تھا کہ چکی والا ایک بار اناج نہیں لینے پر بھی دوبارہ اسے بلا رہا ہے یا اُسے صرف وہم ہوا ہے۔ اس نے وہیں سے پوچھا، 'مجھے پکار رہے ہیں جی؟'

گسائیں نے اطمینان سے کہا، 'ہاں، لے آ، ہو جائے گا۔'

لچھما پل بھر رُکی اور پھر گھٹ کی طرف لوٹ آئی۔

اچانک ملاقات ہونے کا موقع نہ دینے کی خواہش سے گسائیں مصروفیت کا اظہار کرتا ہوا میہل کی چھاؤں میں چلا گیا۔

لچھما اناج کا تھیلا گھٹ کے اندر رکھ آئی۔ باہر نکل کر اس نے آنچل کے کنارے سے منہ پوچھا۔ تیز دھوپ میں چلنے کی وجہ سے اس کا چہرہ سرخ ہو گیا تھا۔ کسی درخت کے سائے میں آرام کرنے کی خواہش سے اس نے اِدھر اُدھر دیکھا۔ میہل کے درخت کے سائے کو چھوڑ کر اور کوئی بیٹھنے لائق جگہ نہیں تھی۔ وہ اسی طرف چلنے لگی۔

گسائیں کی فراخدلی سے ممنون سی ہو کر جیسے اس نے پاس آتے آتے کہا، 'تمھارے بال بچّے جیتے رہیں گھٹوار جی! بڑا اُپکار کا کام کرایا تم نے۔ اوپر کے گھٹ میں بھی نہ جانے کتنی دیر میں نمبر ملتا۔'

اُن بچّوں کے لیے جو پیدا ہی نہیں ہوئے تھے۔ دعاؤں کو گسائیں نے من ہی من مذاق کے روپ میں قبول کیا۔ اس وجہ سے اس کی ذہنی ہلچل کچھ کم ہو گئی۔ لچھما اس کی طرف دیکھے، اس سے قبل ہی اس نے کہا، 'جیتے رہیں تیرے بال بچّے لچھما۔ میکے کب آئی؟'

گسائیں نے اپنے اندر اٹھتی آندھی کو روک کر یہ سوال اتنے اطمینان سے

گیا، جیسے وہ بھی اور دوسرے دس آدمیوں کی طرح لچھما کے لیے ایک عام آدمی ہو۔

درخت کے سائے میں گھاس پھوس جھاڑ کر بیٹھتے لچھما نے مشکوک نگاہوں سے گسائیں کی طرف دیکھا۔ کوسی کی سوکھی دھار اچانک پانی سے لبریز ہو کر بہنے لگتی تو بھی لچھما کو اتنی حیرت نہ ہوتی، جتنی اپنی جگہ سے صرف چار قدم کی دوری پر گسائیں کو اس روپ میں دیکھنے پر ہوا۔ حیرت سے آنکھیں پھاڑ کر وہ اسے دیکھے جا رہی تھی، جیسے اب بھی اسے یقین نہ ہو رہا ہو کہ جو شخص اس کے سامنے بیٹھا ہے، وہ اس کا پہلے کا شناسا گسائیں ہی ہے۔

'تم؟' جانے لچھما کیا کہنا چاہتی تھی، باقی لفظ اس کے گلے میں ہی رہ گئے۔

'ہاں، پچھلے سال پلٹن سے لوٹ آیا تھا، وقت کاٹنے کے لیے یہ گھٹ لگوا لیا!' گسائیں نے اس کے تجسس کو ختم کرنے کے لیے کہا۔ ہونٹوں پر مسکان لانے کی اس نے ناکام کوشش کی۔

کچھ لمحوں تک دونوں کچھ نہیں بولے۔ پھر گسائیں نے ہی پوچھا، 'بال بچے ٹھیک ہیں؟'

آنکھیں زمین پر ٹکائے، گردن ہلا کر، اشارے سے ہی اس نے بچوں کی خیریت کی اطلاع دے دی۔ زمین پر گرے ایک پھول کو ہاتھوں میں لے کر لچھما اس کی پنکھڑیوں کو ایک ایک کر بلا مقصد توڑنے لگی اور گسائیں پتلی سینک لے کر آگ کو کریدتا رہا۔

باتوں کا سلسلہ بنائے رکھنے کے لیے گسائیں نے پوچھا، 'تو ابھی اور کتنے دن میکے ٹھہرنے والی ہے؟'

اب لچھما کو اپنے کو روکنا ناممکن ہو گیا۔ ٹپ، ٹپ، ٹپ ... وہ سر نیچا کیے آنسو گرانے لگی۔ سسکیوں کے ساتھ ساتھ اس کے اٹھتے گرتے کندھوں کو گسائیں دیکھتا رہا۔ اسے یہ نہیں سمجھ میں آ رہا تھا کہ وہ کن الفاظ میں اپنی ہمدردی کا اظہار کرے۔

اتنی دیر بعد اچانک گسائیں کا دھیان لچھما کے جسم کی طرف گیا۔ اس کے گلے میں منگل سوتر نہیں تھا۔ پریشان سا گسائیں اسے دیکھتا رہا۔ اپنی لاعلمی پر اُسے

بے حد جھنجھلاہٹ ہو رہی تھی۔

آج اچانک لچھما سے ملاقات ہو جانے پر وہ ان سب باتوں کو بھول گیا، جنھیں وہ کہنا چاہتا تھا۔ ان لمحوں میں وہ صرف ایک سامع بن کر رہ جانا چاہتا تھا۔ گسائیں کی ہمدردی کی نگاہیں پاکر لچھما آنسو پونچھتی ہوئی اپنا دکھڑا رونے لگی، ' جس کا بھگوان نہیں ہوتا اس کا کوئی نہیں ہوتا۔ جیٹھ جٹھانی سے کسی طرح پیچھا چھڑا کر یہاں ماں کی بیماری میں آئی تھی، وہ بھی مجھے چھوڑ کر چلی گئی۔ ایک ابھاگا مجھے رونے کو رہ گیا ہے، اس کے لیے جینا پڑ رہا ہے۔ نہیں تو پیٹ پر پتھر باندھ کر کہیں ڈوب مرتی، جنجال کٹتا'

' یہاں کاکا کاکی کے ساتھ رہ رہی ہو؟' گسائیں نے پوچھا۔

' مشکل پڑنے پر کوئی کسی کا نہیں ہوتا جی۔ بابا کی جائداد پر ان کی آنکھیں لگی ہیں، سوچتے ہیں، کہیں میں حق نہ جما لوں۔ میں نے صاف صاف کہہ دیا، مجھے کسی کا لینا دینا نہیں ہے۔ جنگلات کا لیسا ڈھو ڈھو کر اپنا گزر کر لوں گی، کسی کی آنکھ کا کانٹا بن کر نہیں رہوں گی۔'

گسائیں نے کسی طرح کی زبانی ہمدردی نہیں ظاہر کی۔ صرف ہمدردی بھری نگاہوں سے اسے دیکھتا رہا۔ درخت سے پیٹھ ٹکائے لچھما گھٹنے موڑ کر بیٹھی تھی۔ گسائیں سوچنے لگا۔ پندرہ سولہ سال کسی کی زندگی میں تبدیلی لانے کے لیے کم نہیں ہوتے۔ وقت کا وہ وقفہ لچھما کے چہرے پر بھی ایک چھاپ چھوڑ گیا تھا، لیکن اسے لگا اس چھاپ کے نیچے وہ آج بھی پندرہ برس پہلے کی لچھما کو دیکھ رہا ہے۔

' کتنی تیز دھوپ ہے اس سال!' لچھما کی آواز اس کے کانوں میں پڑی۔ موضوع بدلنے کے لیے ہی جیسے لچھما نے یہ بات جان بوجھ کر کہی ہو۔

اور اچانک اس کا دھیان اس طرف چلا گیا، جہاں لچھما بیٹھی تھی۔ انار کے درخت کی پھیلی پھیلی آدھی ڈھنپی شاخوں سے چھن کر دھوپ اس کے جسم پر پڑ رہی تھی۔ سورج کی ایک پتلی کرن نہ جانے کب سے لچھما کے ماتھے پر گری ہوئی ایک لٹ کو سنہری رنگینی میں ڈبو رہی تھی۔ گسائیں ایک ٹک اسے دیکھتا رہا۔

' دوپہر تو بیت چکی ہوگی؟' لچھما نے سوال کیا، تو گسائیں کا دھیان ٹوٹا 'ہاں،

اب تو دو بجنے والے ہوں گے ۔' اس نے کہا، 'اُدھر دھوپ لگ رہی ہو، تو اِدھر آ جاؤ چھاؤں میں ۔' کہتا ہوا گسائیں ایک جماہی لے کر اپنی جگہ سے اٹھ گیا۔

'نہیں، یہیں ٹھیک ہے ۔' کہہ کر لچھما نے گسائیں کی طرف دیکھا، لیکن وہ اپنی بات کہنے کے ساتھ ہی دوسری طرف دیکھنے لگا تھا۔

گھٹ میں کچھ دیر پہلے ڈالا ہوا اناج خاتمے پر تھا۔ نمبر پر رکھے ہوئے اناج کی جگہ اس نے جاکر جلدی جلدی لچھما کا اناج کھپّر میں خالی کر دیا۔

دھیرے دھیرے چل کر گسائیں کول کے کنارے تک گیا، اپنی انجلی سے بھر بھر کر اس نے پانی پیا اور پھر پاس ہی بنجر گھٹ کے اندر جاکر پیتل اور المونیم کے کچھ برتن لے کر آگ کے پاس لوٹ آیا۔

آس پاس پڑی ہوئی سوکھی لکڑیوں کو بٹور کر اس نے آگ سلگائی اور ایک کالیکھ زدہ پتیلی میں پانی رکھ کر جاتے جاتے لچھما کی طرف منہ کر کے کہہ گیا، 'چائے کا ٹائم بھی ہو رہا ہے۔ پانی ابل جائے تو پتی ڈال دینا، پڑیا میں پڑی ہے ۔'

لچھما نے کوئی جواب نہیں دیا۔ وہ اسے ندی کی طرف جانے والی پگڈنڈی پر جاتا ہوا دیکھتی رہی۔

سڑک کنارے کی دُکان سے دودھ لے کر لوٹتے لوٹتے گسائیں کو کافی وقت لگ گیا۔ واپس آنے پر اس نے دیکھا، ایک چھ سات برس کا بچّہ لچھما کے جسم سے سٹ کر بیٹھا ہوا ہے۔

بچّے کے بارے میں بتانے کی خواہش سے جیسے لچھما نے کہا، 'اس چھوکرے کو گھڑی بھر کے لیے بھی چین نہیں ملتا۔ جانے کیسے پوچھتا ڈھونڈتا میری جان کھانے کو یہاں بھی پہنچ گیا ہے ۔'

گسائیں نے دیکھا کہ بچّہ بار بار اس کی نگاہ بچا کر ماں سے کسی چیز کے لیے ضد کر رہا ہے۔ ایک بار جھنجھلا کر لچھما نے اُسے جھڑک دیا، 'چپ رہ ! ابھی لوٹ کر گھر جائیں گے، اتنی سی دیر میں مرا کیوں جا رہا ہے ؟'

چائے کے پانی میں دودھ ڈال کر گسائیں پھر اسی بنجر گھٹ میں گیا۔ ایک تھالی میں آٹا لے کر وہ گوا، کے کنارے بیٹھا اسے گوندھنے لگا۔ میہل کے درخت

کی طرف آتے وقت اس نے ساتھ میں دو ایک برتن اور لے لیے۔

لچھما نے پتیلی میں دودھ چینی ڈال کر چائے تیار کر دی تھی۔ ایک گلاس، ایک المونیم کا مگ اور ایک المونیم کے میس ٹن میں گسائیں نے چائے ڈال کر آپس میں بانٹ لی اور پتھروں سے بنے بے ڈھنگے چولہے کے پاس بیٹھ کر روٹیاں بنانے کا انتظام کرنے لگا۔

ہاتھ کا چائے گلاس زمین پر رکھ کر لچھما اٹھی۔ آٹے کی تھالی اپنی طرف کھسکا کر اس نے خود روٹی پکا دینے کی خواہش ایسی آواز میں ظاہر کی کہ گسائیں نا نہ کہہ سکا۔ وہ کھڑا کھڑا اُسے روٹی پکاتا ہوا دیکھتا رہا۔ گول گول ڈبیہ کی طرح چولہے میں پھلنے لگیں۔ برسوں بعد گسائیں نے ایسی روٹیاں دیکھی تھیں، جو بغیر کسی سائز کی فوجی لنگر کی چپاتیوں یا خود اس کے ہاتھ سے بنی بے ڈول روٹیوں سے ایک دم مختلف تھیں۔ آٹے کی لوئی بناتے وقت لچھما کے چھوٹے چھوٹے ہاتھ بڑی تیزی سے گھوم رہے تھے۔ کلائی میں پہنے ہوئے چاندی کے کڑے جب کبھی آپس میں ٹکرا جاتے، تو چھن چھن کی ایک بہت ہی لبھاؤنی آواز نکلتی۔ چکی کے پاٹ پر ٹکرانے والی کاٹھ کی چڑیوں کی آواز کتنی نیرس ہو سکتی ہے؛ یہ گسائیں نے آج پہلی بار محسوس کیا۔

کسی کام سے وہ بنجر گھٹ کی طرف گیا اور کافی دیر تک خالی برتن ڈبّوں کو اٹھاتا رکھتا رہا۔

وہ لوٹ کر آیا، تو لچھما روٹی بنا کر، برتنوں کو سمیٹ چکی تھی اور اب آٹے سے سنے ہاتھوں کو دھو رہی تھی۔

گسائیں نے بچّے کی طرف دیکھا۔ وہ دونوں ہاتھوں میں چائے کا مگ تھامے ٹکٹکی لگا کر گسائیں کو دیکھے جا رہا تھا۔ لچھما نے اصرار کے سے انداز میں کہا، 'چائے کے ساتھ کھانا ہو تو کھا لو۔ پھر ٹھنڈی ہو جائیں گی!'

'میں تو اپنے ٹیم سے ہی کھاؤں گا۔ یہ تو بچّے کے لیے.....' واضح طور پر کہنے میں اسے جھجک محسوس ہو رہی تھی۔ جیسے بچّے کے لیے فکر مند ہونے کی اس کی کوشش ناحق ہو۔

'نا، نا جی، یہ تو ابھی گھر سے کھا کر ہی آ رہا ہے۔ میں روٹیاں بنا کر رکھ آئی تھی!

بے حد شرمندگی کے ساتھ لچھما نے اعتراض کیا۔
'ہاں، یوں ہی کہتی ہے۔ کہاں رکھی تھیں روٹیاں گھر میں؟' بچے نے روہانسی آواز میں حقیقت واضح کر دی۔ وہ دھیان سے اپنی ماں اور اس غیر شناسا شخص کی باتیں سن رہا تھا اور روٹیوں کو دیکھ کر اس کا ضبط ڈھیلا پڑ چکا تھا۔
'چپ!' آنکھیں نکال کر لچھما نے اُسے ڈانٹ دیا۔ بچے کی اس بات سے اس کی حالت بڑی مضحکہ خیز ہو گئی تھی۔ شرم سے اس کا چہرہ سرخ ہو گیا۔
'بچہ ہے، بھوک لگ گئی ہوگی، ڈانٹنے سے کیا فائدہ؟' گسائیں نے بچے کی طرف دو روٹیاں بڑھا دیں۔ لیکن ماں کی اجازت کے بغیر انھیں قبول کرنے کی ہمت بچے کو نہیں ہو رہی تھی۔ وہ للچائی نگاہوں سے کبھی روٹیوں کی طرف اور کبھی ماں کی طرف دیکھ لیتا تھا۔
گسائیں کے بار بار اصرار کرنے پر بھی بچہ روٹیاں لینے میں جھجک رہا تھا، تو لچھما نے اسے جھڑک دیا، 'مر! اب لے کیوں نہیں لیتا؟ جہاں جائے گا وہیں اپنے لچھن دکھائے گا!'
اس سے پہلے کہ بچہ رونا شروع کر دے، گسائیں نے روٹیوں کے اوپر ایک ٹکڑا گڑ رکھ کر بچے کے ہاتھ میں دے دیا۔ بھری بھری آنکھوں سے اس انوکھے دوست کو دیکھ کر، بچہ چپ چاپ روٹی کھانے لگا۔ اور گسائیں تجسس بھری نگاہوں سے اس کے ہلتے ہوئے ہونٹوں کو دیکھتا رہا۔
اس چھوٹے سے واقعے سے ماحول میں ایک تناؤ سا پیدا ہو گیا تھا، جسے گسائیں اور لچھما دونوں ہی محسوس کر رہے تھے۔
خود بھی ایک روٹی کو چائے میں ڈبو کر کھاتے کھاتے گسائیں نے جیسے اس تناؤ کو کم کرنے کی کوشش کی اور کہا، 'لوگ ٹھیک کہتے ہیں، عورت کے ہاتھ کی بنی روٹیوں میں ذائقہ ہی دوسرا ہوتا ہے!'
لچھما نے معصوم نگاہوں سے اس کی طرف دیکھا۔ گسائیں ہو، ہو کر کھو کھلی ہنسی ہنس رہا تھا۔
'کچھ ساگ سبزی ہوتی، تو بے چارہ ایک آدھ روٹی اور کھا لیتا،' گسائیں نے بچے

کی طرف دیکھ کر اپنی مجبوری ظاہر کی۔

'ایسا ہی کھانے پینے والے کی تقدیر لے کر پیدا ہوا ہوتا، تو میرا بھاگیہ کیوں پھوٹتا؟ دو دن سے گھر میں تیل نمک نہیں ہے۔ آج تھوڑے پیسے ملے ہیں، آج لے جاؤنگی کچھ سودا۔'

ہاتھ سے اپنی جیب ٹٹولتے گسائیں نے شرمیلے لہجے میں کہا، 'لچھما!'

لچھما نے تجسس سے اس کی طرف دیکھا۔ گسائیں نے جیب سے ایک نوٹ نکال کر اس کی طرف بڑھاتے ہوئے کہا، 'لے کام چلانے کے لیے یہ رکھ لے، میرے پاس ابھی اور ہیں۔ پرسوں دفتر سے منی آرڈر آیا تھا۔'

'نہیں، نہیں جی! کام تو چل ہی رہا ہے۔ میں اس مطلب سے تھوڑے ہی کہہ رہی تھی۔ یہ تو بات میں بات چلی تھی، تو میں نے کہہ دی۔' کہہ کر لچھما نے مدد لینے سے انکار کر دیا۔

گسائیں کو لچھما کا یہ عمل اچھا نہ لگا۔ روکھی آواز میں وہ بولا، 'دکھ، تکلیف کے وقت ہی آدمی آدمی کے کام نہیں آیا، تو بیکار ہے، سالا! کتنا کتنا پھونکا ہم نے زندگی میں، ہے کوئی حساب! لیکن کیا فائدہ! کسی کے کام تو نہیں آیا۔ اس میں احسان کی کیا بات ہے۔ پیسہ مٹی ہے سالا! کسی کے کام نہیں آیا تو مٹی!'

لیکن گسائیں کی اس دلیل کے باوجود بھی لچھما اڑی رہی، بچے کے سر پر ہاتھ پھیرتے ہوئے اس نے فلسفیانہ سنجیدگی سے کہا، 'گنگا ناتھ داہنے رہیں، تو بھلے بُرے دن نبھ جاتے ہیں جی! پیٹ کیا ہے، گھٹ کے کھپّر کی طرح جتنا ڈالو، کم ہو جائے۔ اپنے پرائے پریم سے ہنس بول دیں، تو وہی بہت ہے دن کاٹنے کے لیے۔'

گسائیں نے غور سے لچھما کے چہرے کی طرف دیکھا۔ برسوں پہلے اٹھے ہوئے جوار اور طوفان کا وہاں کوئی نشان باقی نہیں تھا۔ اب وہ ساگر جیسے حدود میں بندھ کر پرسکون ہو چکا تھا۔

روپیہ لینے کے لیے لچھما سے زیادہ اصرار کرنے کی اس کی ہمت نہیں ہوئی۔ لیکن غیر اطمینانی کی وجہ سے بجھا بجھا سا وہ دھیمی چال سے چل کر وہاں سے ہٹ گیا۔ اچانک اس کی رفتار تیز ہو گئی اور گھٹ کے اندر جا کر اس نے ایک بار مشکوک

نگاہوں سے باہر کی طرف دیکھا۔ لچھما اس جانب پیٹھ کیے بیٹھی تھی۔ اس نے جلدی جلدی اپنے ذاتی آٹے کے ٹن سے دو ڈھائی سیر قریب آٹا نکال کر لچھما کے آٹے میں ملا دیا اور اطمینان کی ایک سانس لے کر وہ ہاتھ جھاڑتا ہوا باہر آکر باندھ کی طرف دیکھنے لگا۔ اوپر باندھ پر کسی کو داخل ہوتا ہوا دیکھ کر اس نے ہانک لگائی۔ شاید کھیت کی سینچائی کے لیے کوئی پانی توڑنا چاہتا تھا۔

باندھ کی طرف جانے سے پہلے وہ ایک بار لچھما کے قریب گیا۔ اناج پس جانے کی اطلاع اسے دے کر وہ واپس لوٹتے ہوئے پھر ٹھٹھک کر کھڑا ہوگیا، دل کی بات کہنے میں جیسے اسے جھجک ہو رہی ہو۔ اٹک اٹک کر وہ بولا، 'لچھما...'

لچھما نے سر اٹھا کر اس کی طرف دیکھا۔ گسائیں کو چپ چاپ اپنی طرف دیکھتے ہوئے اسے شرم آنے لگی۔ وہ نہ جانے کیا کہنا چاہتا ہے' لیکن گسائیں نے جھجکتے ہوئے صرف اتنا ہی کہا، 'کبھی چار پیسے جڑ جائیں، تو گنگا ناتھ کا جاپ لگا کر بھول چوک کی معافی مانگ لینا۔ گھر بار والوں کو دیوی دیوتا کے کوپ سے بچے رہنا چاہیے۔' لچھما کی بات سننے کے لیے وہ نہیں رُکا۔

پانی توڑنے والے کسان سے جھگڑا نپٹا کر کچھ دیر بعد لوٹتے ہوئے اس نے دیکھا، سامنے والے پہاڑ کی پگڈنڈی پر سر پر آٹا لیے لچھما اپنے بچّے کے ساتھ دھیرے دھیرے چلی جا رہی تھی۔ وہ انھیں پہاڑی کے موڑ تک پہنچنے تک ٹکٹکی باندھے دیکھتا رہا۔

گھٹ کے اندر کاٹھ کی چڑیاں اب بھی کِٹ کِٹ آواز کر رہی تھیں، چکّی کا پاٹ کھسر کھسر چل رہا تھا اور متھانی کی پانی کاٹنے کی آواز آ رہی تھی، اور کہیں کوئی آواز نہیں، سب سنسان ... ویران ...

نرمل ورما

پرندے

اندھیرے گلیارے میں چلتے ہوئے لتیکا ٹھٹھک گئی۔ دیوار کا سہارا لے کر اس نے لیمپ کی بتی بڑھا دی۔ سیڑھیوں پر اس کا سایہ ایک بے ڈول پھٹا پھٹا عکس کھینچنے لگا۔ سات نمبر کمرے سے لڑکیوں کی بات چیت اور ہنسی ٹھٹھاکوں کی آواز ابھی تک آ رہی تھی۔ لتیکا نے دروازہ کھٹ کھٹایا۔ شور اچانک بند ہو گیا۔

'کون ہے؟'

لتیکا چپ چاپ کھڑی رہی۔ کمرے میں کچھ دیر تک کھُسر پھُسر ہوتی رہی، پھر دروازے کی چٹخنی کے کھلنے کی آواز آئی۔ لتیکا کمرے کی دہلیز سے کچھ آگے بڑھی، لیمپ کی جھپکتی لَو میں لڑکیوں کے چہرے سنیما کے پردے پر ٹھہرے ہوئے کلوزاپ کی طرح ابھرنے لگے۔

'کمرے میں اندھیرا کیوں کر رکھا ہے؟' لتیکا کی آواز میں ہلکی سی ڈانٹ کا سا احساس تھا

'لیمپ میں تیل ہی ختم ہو گیا میڈم۔'

یہ سُدھا کا کمرہ تھا، اسی لیے اُسے ہی جواب دینا پڑا۔ ہوسٹل میں شاید یہ سب سے زیادہ معروف لڑکی تھی۔ کیوں کہ ہمیشہ چھٹی کے وقت یا رات کے ڈنر کے بعد آس پاس کے کمروں میں رہنے والی لڑکیوں کا جم گھٹ اسی کے کمرے میں لگ جاتا

دیر تک گپ شپ، ہنسی مذاق چلتا رہتا۔

'تیل کے لیے کریم الدین سے کیوں نہیں کہا؟'

'کتنی بار کہا میڈم، لیکن اسے یاد رہے تب تو۔'

کمرے میں ہنسی کا فوّارہ ایک کونے سے دوسرے کونے تک پھیل گیا۔ لتیکا کے کمرے میں آنے سے ڈسپلن کی جو گھٹن گھر آئی تھی، وہ اچانک بہہ گئی۔ کریم الدین ہوسٹل کا نوکر تھا۔ اس کی کاہلی اور کام میں ٹال مٹول کرنے کے قصّے ہوسٹل کی لڑکیوں میں نسل در نسل چلے آتے تھے۔

لتیکا کو اچانک کچھ یاد آیا۔ اندھیرے میں لیمپ گھماتے ہوئے چاروں طرف نگاہیں دوڑائیں۔ کمرے میں چاروں طرف گھیرا بنا کر وہ بیٹھی تھیں — پاس پاس ایک دوسرے سے سٹ کر۔ سب کے چہرے جانے پہچانے تھے، لیکن لیمپ کی زرد مدھم روشنی میں جیسے کچھ بدل گیا تھا، یا جیسے وہ انھیں پہلی بار دیکھ رہی تھی۔

'جولی، اب تک تم اس بلاک میں کیا کر رہی ہو؟'

جولی کھڑکی کے پاس پلنگ کے سرہانے بیٹھی تھی۔ اس نے چپ چاپ آنکھیں نیچی کر لیں۔ لیمپ کی روشنی چاروں طرف سے سمٹ کر اب صرف اس کے چہرے پر گر رہی تھی۔

'نائٹ رجسٹر پر دستخط کر دیے؟'

'ہاں میڈم!'

'پھر...' لتیکا کی آواز سخت ہو گئی۔ جولی شرما کر کھڑکی سے باہر دیکھنے لگی۔ جب سے لتیکا اس اسکول میں آئی ہے، اس نے محسوس کیا ہے کہ ہوسٹل کے اس قاعدے پر عمل ڈانٹ پھٹکار کے باوجود نہیں ہوتا۔

'میڈم، کل سے چھٹیاں شروع ہو جائیں گی، اس لیے آج رات ہم سب نے مل کر...' اور سُدھا پوری بات نہ کہہ کر ہیمنتی کی طرف دیکھ کر مسکرانے لگی۔

'ہیمنتی کے گانے کا پروگرام ہے، آپ بھی کچھ دیر بیٹھیے نا۔'

لتیکا کو الجھن معلوم ہوئی۔ اس وقت یہاں آ کر اُس نے اِن کے مزے کو کرکرا کر دیا۔ اس چھوٹے سے ہل اسٹیشن پر رہتے اُسے خاصا عرصہ ہو گیا، لیکن کب

وقت پت جھڑ اور گرمیوں کا دائرہ پار کر سردی کی چھٹیوں کی گود میں سمٹ جاتا ہے، اسے کبھی یاد نہیں رہتا۔

چوروں کی طرح چپ چاپ وہ دہلیز سے باہر ہو گئی۔ اس کے چہرے کا تناؤ ڈھیلا پڑ گیا۔ وہ مسکرانے لگی۔

'میرے ساتھ سنو فال دیکھنے کوئی نہیں ٹھہرے گا؟'

'میڈم، چھٹیوں میں کیا آپ گھر نہیں جا رہی ہیں؟' سب لڑکیوں کی آنکھیں اس پر جم گئیں۔

'ابھی کچھ پکّا نہیں ہے —— آئی لو دس نو فال!'

لتیکا کو لگا کہ یہی بات اس نے پچھلے سال بھی کہی تھی اور شاید پچھلے سے پچھلے سال بھی۔ اُسے لگا، جیسے لڑکیاں اُسے شک کی نگاہوں سے دیکھ رہی ہیں، جیسے انھوں نے اس کی بات پر یقین نہیں کیا۔ اس کا سر چکرانے لگا۔ جیسے بادلوں کا سیاہ جھرمٹ کسی انجانے گوشے سے اٹھ کر اسے اپنے میں سمولے گا۔ وہ تھوڑا سا ہنسی پھر دھیرے سے اس نے اپنے سر کو جھٹک دیا۔

'جولی، تم سے کچھ کام ہے، اپنے بلاک میں جانے سے پہلے مجھ سے مل لینا —— ویل، گڈ نائٹ!' لتیکا نے اپنے پیچھے دروازہ بند کر دیا۔

'گڈ نائٹ میڈم، گڈ نائٹ، گڈ نائٹ ...'

گلیارے کی سیڑھیاں نہ اتر کر لتیکا ریلنگ کے سہارے کھڑی ہو گئی۔ لیمپ کی بتی کو نیچے گھما کر کونے میں رکھ دیا۔ باہر دُھند کی نیلی تہیں بہت گھنی ہو چلی تھیں۔ لان پر لگے ہوئے چیڑ کے پتوں کی سرسراہٹ ہوا کے جھونکوں کے ساتھ کبھی تیز، کبھی دھیمی ہو کر اندر بہہ آتی تھی۔ ہوا میں سردی کا احساس پا کر لتیکا کے دماغ میں کل سے شروع ہونے والی چھٹیوں کا دھیان بھٹک آیا۔ اس نے آنکھیں موند لیں۔ اُسے لگا کہ جیسے اس کی ٹانگیں بانس کی لکڑیوں کی طرح اس کے جسم سے بندھی ہیں جن کی گانٹھیں دھیرے دھیرے کھلتی جا رہی ہیں۔ سر کی چکراہٹ ابھی مٹی نہیں تھی، مگر اب جیسے وہ اندر نہ ہو کر باہر پھیلی ہوئی دھند کا حصّہ بن گئی تھی۔

سیڑھیوں پر بات چیت کی آواز سن کر لتیکا جیسے سوتے سے جگی۔ شال کو کندھوں پر سمیٹا اور لیمپ کو اٹھالیا۔ ڈاکٹر مکرجی مسٹر ہیوبرٹ کے ساتھ ایک انگریزی دھن گنگناتے ہوئے اوپر آرہے تھے۔ سیڑھیوں پر اندھیرا تھا اور ہیوبرٹ کو بار بار اپنی چھڑی سے راستہ ٹٹولنا پڑتا تھا۔ لتیکا نے دو چار سیڑھیاں اتر کر لیمپ کو نیچے جھکا دیا۔ 'گڈ ایوننگ ڈاکٹر، گڈ ایوننگ مسٹر ہیوبرٹ!'

'تھینک یو مس لتیکا ---' ہیوبرٹ کی آواز نیازمندانہ تھی۔ سیڑھیاں چڑھنے سے ان کی سانس تیز ہو رہی تھی اور وہ دیوار سے لگے ہوئے ہانپ رہے تھے۔ لیمپ کی روشنی میں ان کے چہرے کی زردی کچھ تانبے کے رنگ جیسی ہو گئی تھی۔

'یہاں اکیلی کیا کر رہی ہو مس لتیکا؟' ڈاکٹر نے ہونٹوں کے اندر سے سیٹی بجائی۔

'چیکنگ کر کے لوٹ رہی تھی۔ آج اس وقت اوپر کیسے آنا ہوا مسٹر ہیوبرٹ؟'

ہیوبرٹ نے مسکرا کر اپنی چھڑی ڈاکٹر کے کندھوں سے چھوا دی ---' ان سے پوچھو۔ یہی مجھے زبردستی گھسیٹ لائے ہیں۔'

'مس لتیکا، ہم آپ کو دعوت دینے آرہے تھے۔ آج رات میرے کمرے میں ایک چھوٹا سا کنسرٹ ہوگا، جس میں مسٹر ہیوبرٹ شوپاں اور چائکووسکی کے کمپوزیشن بجائیں گے اور پھر کریم کافی پی جائے گی۔ اور اس کے بعد اگر وقت رہا، تو پچھلے سال ہم نے جو گناہ کیے ہیں انھیں ہم مل کر کنفیس کریں گے۔' ڈاکٹر مکرجی کے چہرے پر ابھری مسکان کھیل گئی۔

'ڈاکٹر، مجھے معاف کریں، میری طبیعت کچھ ٹھیک نہیں ہے!'

'چلیے، یہ ٹھیک رہا۔ پھر تو آپ ویسے بھی میرے پاس آتیں!' ڈاکٹر نے دھیرے سے لتیکا کے کندھوں کو پکڑ کر اپنے کمرے کی طرف موڑ دیا۔

ڈاکٹر مکرجی کا کمرہ بلاک کے دوسرے سرے پر چھت سے جڑا ہوا تھا۔ وہ آدھے برمی تھے، جن کے نشان ان کی تھوڑی دبی ہوئی ناک اور چھوٹی چھوٹی چنچل آنکھوں سے واضح تھے۔ برما پر جاپانیوں کا حملہ ہونے کے بعد وہ اس چھوٹے سے پہاڑی شہر میں آبسے تھے۔ پرائیویٹ پریکٹس کے علاوہ وہ کانونٹ اسکول

میں ہائی جین فیزیالوجی بھی پڑھایا کرتے تھے اور اس لیے ان کو اسکول کے ہوسٹل میں ہی ایک کمرہ رہنے کے لیے دے دیا گیا تھا۔ کچھ لوگوں کا کہنا تھا کہ برما سے آتے ہوئے راستے میں ان کی بیوی کا انتقال ہوگیا، لیکن اس سلسلے میں قطعی طور پر کچھ نہیں کہا جاسکتا کیوں کہ ڈاکٹر خود اپنی بیوی کا ذکر نہیں کرتے۔

باتوں کے دوران ڈاکٹر اکثر کہا کرتے ہیں — 'مرنے سے پہلے میں ایک بار برما ضرور جاؤں گا—' اور تب ایک لمحے کے لیے ان کی آنکھوں میں ایک نمی سی آجاتی۔ لتیکا چاہنے پر بھی ان سے کچھ پوچھ نہیں پاتی۔ اُسے لگتا کہ ڈاکٹر نہیں چاہتے کہ کوئی ماضی کے بارے میں ان سے پوچھے یا ہمدردی دکھلائے۔ دوسرے ہی پل اپنی سنجیدگی کو پرے دھکیلتے ہوئے وہ ہنس پڑتے — ایک سوکھی، بجھی ہوئی ہنسی۔

ہوم سکنس ہی ایک ایسی بیماری ہے جس کا علاج کسی ڈاکٹر کے پاس نہیں ہے۔

چھت پر میز کرسیاں ڈال دی گئیں اور اندر کمرے میں پرکولیٹر میں کافی کا پانی چڑھا دیا گیا۔

'سنا ہے اگلے دو تین برسوں میں یہاں پر بجلی کا انتظام ہو جائے گا—' ڈاکٹر نے اسپرٹ لیمپ جلاتے ہوئے کہا۔

'یہ بات تو پچھلے سالوں سے سننے میں آرہی ہے۔ انگریزوں نے بھی کوئی لمبی چوڑی اسکیم بنائی تھی پتہ نہیں اس کا کیا ہوا،' ہیوبرٹ نے کہا۔ وہ آرام کرسی پر لیٹا ہوا باہر لان کی طرف دیکھ رہا تھا۔

لتیکا کمرے سے دو موم بتیاں لے آئی۔ میز کے دونوں پر ٹکا کر انھیں جلا دیا گیا۔ چھت کا اندھیرا موم بتی کی پھیکی روشنی کے گرد سمٹنے لگا۔ ایک گھنی خاموشی چاروں طرف چھانے لگی۔ ہوا میں چیڑ کے درختوں کی سائیں سائیں دور دور تک پھیلی پہاڑیوں اور گھاٹیوں میں سیٹیوں کی گونج سی چھوڑتی جا رہی تھی۔

'اس بار شاید برف جلدی گرے گی، ابھی سے ہوا میں ایک سرد خنکی سی محسوس ہونے لگی ہے،' ڈاکٹر کا سگار اندھیرے میں لال بندی سا چمک رہا تھا۔

'پتہ نہیں، مس وُوڈ کو اسپیشل سروس کا گورکھ دھندا کیوں پسند آتا ہے۔ چھٹیوں میں گھر جانے سے پہلے کیا یہ ضروری ہے کہ لڑکیاں فادر المنڈ کا سرمن سنیں؟

ہیوبرٹ نے کہا۔
'پچھلے پانچ سال سے میں سنتا آرہا ہوں —— فادر المنڈ کے سرمن میں کہیں ہیر پھیر نہیں ہوتا۔'
ڈاکٹر کو فادر المنڈ ایک آنکھ نہیں سہاتے تھے۔
لتیکا کرسی پر آگے جھک کر پیالوں میں کافی انڈیلنے لگی۔ ہر سال اسکول بند ہونے کے دن یہی دو پروگرام ہوتے ہیں —— چیپل میں اسپیشل سروس اور اس کے بعد دن میں پکنک۔ لتیکا کو پہلا سال یاد آیا جب ڈاکٹر کے ساتھ پکنک کے بعد وہ کلب گئی تھی۔ ڈاکٹر بار میں بیٹھے تھے۔ بال روم کماؤں ریجمنٹ افسروں سے بھرا ہوا تھا۔ کچھ دیر تک بلیرڈ کا کھیل دیکھنے کے بعد جب وہ واپس بار کی طرف آرہے تھے تب انھوں نے داہنے طرف کلب کی لائبریری میں دیکھا —— مگر اسی وقت ڈاکٹر مکرجی پیچھے سے آگئے تھے۔ 'مس لتیکا، یہ مسٹر گریش نیگی ہیں؟' بلیرڈ روم سے آتے ہوئے ہنسی ٹھہاکوں کے درمیان وہ کچھ ٹھہر گیا تھا۔ وہ کسی کتاب کے بیچ میں انگلی رکھ کر لائبریری کی کھڑکی سے باہر دیکھ رہا تھا۔ 'ہیلو ڈاکٹر' وہ پیچھے مڑا۔ تب اس پل...
اس پل نہ جانے کیوں لتیکا کا ہاتھ کانپ گیا اور کافی کی کچھ گرم بوندیں اس کی ساڑی پر چھلک آئیں۔ اندھیرے میں کسی نے نہیں دیکھا کہ لتیکا کے چہرے پر ایک بے خواب خالی پن گھر آیا ہے۔
ہوا کے جھونکے سے موم بتیوں کی لو پھڑکنے لگی۔ چھت سے بھی اونچی کاٹھ گودام جانے والی سڑک پر یوپی روڈویز کی آخری بس ڈاک لے کر جا رہی تھی۔ بس کی ہیڈ لائٹس میں آس پاس پھیلی ہوئی جھاڑیوں کے سائے گھر کی دیوار پر سرکتے ہوئے غائب ہونے لگے۔
'مس لتیکا، آپ اس سال بھی چھٹیوں میں یہیں رہیں گی؟' ڈاکٹر نے پوچھا۔
ڈاکٹر کا سوال ہوا میں ٹنگا رہا۔ اسی لمحے پیانو پر شوپاں کا نوکٹرن ہیوبرٹ کی انگلیوں کے نیچے سے پھسلتا ہوا رفتہ رفتہ چھت کی تاریکی میں گھلنے لگا —— جیسے پانی پر ملائم خوابیدہ لہریں بھنوروں کا جھلملاتا جال بنتی ہوئی دور دور کناروں

تک پھیلتی جارہی ہوں۔ لتیکا کو لگا کہ جیسے کہیں بہت دور برف کی چوٹیوں سے پرندوں کے جھنڈ نیچے انجان دیشوں کی طرف اڑے جارہے ہیں۔ اِن دنوں اکثر اس نے اپنے کمرے کی کھڑکی سے انھیں دیکھا ہے —— دھاگے میں بندھے چمکیلے لٹوؤں کی طرح وہ ایک لمبی ٹیڑھی میڑھی قطاریں اڑے جاتے ہیں، پہاڑوں کی سنسان خاموشی سے پرے، ان عجیب شہروں کی طرف جہاں شاید وہ کبھی نہیں جائے گی۔

لتیکا آرام چیئر پر اونگھنے لگی۔ ڈاکٹر مکرجی کا سگار اندھیرے میں چپ چاپ جل رہا تھا۔ ڈاکٹر کو حیرت ہوئی کہ لتیکا نہ جانے کیا سوچ رہی ہے اور لتیکا سوچ رہی تھی —— کیا وہ بوڑھی ہوتی جارہی ہے؟ اس کے سامنے اسکول کی پرنسپل مس ووڈ کا چہرہ گھوم گیا —— پوپلا منہ، آنکھوں کے نیچے جھولتی ہوئی گوشت کی تھیلیاں، ذرا ذرا سی بات پر چڑھ جانا، تیز آواز میں چیخنا —— سب اُسے 'اولڈ میڈ' کہہ کر پکارتے ہیں۔ کچھ برسوں بعد وہ بھی ہوبہو ویسی ہی بن جائے گی ... لتیکا کے پورے جسم میں جھرجھری سی دوڑ گئی، جیسے انجانے میں اس نے کسی غلیظ چیز کو چھو لیا ہو۔ اُسے یاد آیا، کچھ مہینے پہلے اچانک اُسے ہیوبرٹ کا محبت نامہ ملا تھا —— جذباتی، التجا سے پُر خط، جس میں اس نے نہ جانے کیا کچھ لکھا تھا، جو کبھی اس کی سمجھ میں نہیں آیا۔ اسے ہیوبرٹ کی اس بچکانہ حرکت پر ہنسی آئی تھی، لیکن اندر ہی اندر خوش بھی ہوئی تھی —— اس کی عمر ابھی بیتی نہیں ہے، اب بھی وہ دوسروں کو اپنی جانب متوجہ کرسکتی ہے۔ ہیوبرٹ کا خط پڑھ کر اسے غصہ نہیں آیا، آئی تھی صرف ممتا۔ وہ چاہتی تو اس کی غلط فہمی کو دور کرنے میں دیر نہ لگتی، لیکن کوئی طاقت اسے روکے رہتی ہے، اس کی وجہ سے خود پر اعتماد رہتا ہے، اپنے سُکھ کا بھرم جیسے ہیوبرٹ کی غلط فہمی سے جڑا ہے ...

ہیوبرٹ ہی کیوں، وہ کیا کسی کو بھی چاہ سکے گی، اس احساس کے ساتھ جواب نہیں رہی، جو سایہ سا اس پر منڈراتا رہتا ہے، نہ خود مٹتا ہے نہ اُسے نجات دے پاتی ہے۔ اُسے لگا، جیسے بادلوں کا جھرمٹ پھر اس کے ذہن پر دھیرے دھیرے چھانے لگا ہے، اس کی ٹانگیں پھر بے جان، بے حس سی ہوگئی ہیں۔

وہ جھٹکے سے اٹھ کھڑی ہوئی، 'ڈاکٹر، معاف کرنا، مجھے بہت تھکان سی لگ رہی ہے...' جملہ پورا کیے بغیر ہی وہ چلی گئی۔

کچھ دیر تک ٹیرس پر خاموشی چھائی رہی۔ موم بتیاں بجھنے لگی تھیں۔ ڈاکٹر مکرجی نے سگار کا نیا کش لیا ـــــ 'سب لڑکیاں ایک جیسی ہوتی ہیں ـــــ بیوقوف اور سینٹی مینٹل۔'

ہیوبرٹ کی انگلیوں کا دباؤ پیانو پر ڈھیلا پڑتا گیا۔ آخری دنوں کی جھجکی سی گونج کچھ لمحوں تک ہوا میں تیرتی رہی۔

'ڈاکٹر، آپ کو معلوم ہے... مس لتیکا کا مزاج پچھلے کچھ عرصہ سے عجیب سا لگتا ہے!' ہیوبرٹ کی آواز میں لاپروائی کا احساس تھا۔ وہ نہیں چاہتا تھا کہ ڈاکٹر کو لتیکا کے لیے فقط جذبات کا احساس بھی مل سکے۔ جس نرم احساس کو وہ اتنے وقت سے سنجوتا آیا ہے، ہیوبرٹ اسے ہنسی کے ایک ہی ٹھہاکے میں مزاحیہ بنا دے گا۔

'کیا تم قسمت میں یقین کرتے ہو، ہیوبرٹ؟' ڈاکٹر نے کہا۔ ہیوبرٹ دم روکے انتظار کرتا رہا۔ وہ جانتا تھا کہ کوئی بات کہنے سے پہلے ڈاکٹر کو فلاسوفائز کرنے کی عادت تھی۔ ڈاکٹر ٹیرس کے جنگلے سے سٹ کر کھڑا ہو گیا۔ پھیکی سی چاندنی میں چیڑ کے درختوں کے سائے لان پر گر رہے تھے۔ کبھی کبھی کوئی جگنو اندھیرے میں ہری روشنی بکھیرتا ہوا ہوا میں غائب ہو جاتا۔

'میں کبھی کبھی سوچتا ہوں، انسان زندہ کس لیے رہتا ہے ـــــ کیا اسے کوئی اور بہتر کام کرنے کو نہیں ملتا؟ ہزاروں میل اپنے ملک سے دور میں یہاں پڑا ہوں ـــــ یہاں کون مجھے جانتا ہے... یہیں شاید مر بھی جاؤں گا۔ ہیوبرٹ، کیا تم نے محسوس کیا ہے کہ ایک اجنبی کی حیثیت سے پرائی زمین پر جانا کافی خوفناک بات ہے...؟'

ہیوبرٹ حیران سا ڈاکٹر کی طرف دیکھنے لگا۔ اس نے پہلی بار ڈاکٹر مکرجی کے اس پہلو کو دیکھا تھا۔ اپنے بارے میں وہ اکثر چپ رہتے تھے۔

'کوئی پیچھے نہیں ہے، یہ بات مجھ میں ایک عجیب قسم کی بے فکری پیدا کر دیتی ہے لیکن کچھ لوگوں کی موت آخر تک پہیلی بنی رہتی ہے ... شاید وہ زندگی سے بہت امید رکھتے تھے۔ اُسے ٹریجک بھی نہیں کہا جا سکتا، کیوں کہ آخری دم تک انھیں مرنے کا احساس نہیں ہوتا...'

'ڈاکٹر، آپ کس کا ذکر کر رہے ہیں؟' ہیوبرٹ نے پریشان ہو کر پوچھا۔ ڈاکٹر کچھ دیر تک سگار پیتا رہا۔ پھر مُڑ کر وہ موم بتیوں کی بجھتی ہوئی لَو کو دیکھنے لگا۔

'تمھیں معلوم ہے، کسی وقت لتیکا بلاناغہ کلب جایا کرتی تھی۔ گریش نیگی سے اس کا تعارف وہیں ہوا تھا۔ کشمیر جانے سے ایک رات پہلے اس نے مجھے سب کچھ بتا دیا تھا۔ میں اب تک لتیکا سے اس ملاقات کے بارے میں کچھ نہیں کہہ سکا ہوں۔ لیکن اس روز کون جانتا تھا کہ وہ واپس نہیں لوٹے گا۔ اور اب ... اب کیا فرق پڑتا ہے۔ لٹ د ڈیڈ دائی۔'

ڈاکٹر کی سوکھی سرد ہنسی میں کھوکھلی سی بے بسی بھری تھی۔

'کون گریش نیگی؟'

'کماؤں ریجمنٹ میں کیپٹن تھا۔'

'ڈاکٹر اور لتیکا...' ہیوبرٹ سے آگے کچھ نہیں کہا گیا۔ اُسے یاد آیا وہ خط جو اس نے لتیکا کو بھیجا تھا، کتنا بے معنی اور مضحکہ خیز، جیسے اس کا ایک ایک لفظ اس کے دل کو کچوٹ رہا ہو۔ اس نے دھیرے سے پیانو پر سر ٹکا لیا۔ لتیکا نے اُسے کیوں نہیں بتایا، کیا وہ اس کے لائق بھی نہیں تھا؟

'لتیکا... وہ تو بچی ہے، پاگل! مرنے والے کے ساتھ خود تھوڑے ہی مرا جاتا ہے۔'

کچھ دیر چپ رہ کر ڈاکٹر نے اپنے سوال کو پھر دہرایا۔

'لیکن ہیوبرٹ، کیا تم قسمت پر یقین کرتے ہو؟'

ہوا کے ہلکے جھونکے سے موم بتیاں ایک بار تیز جل کر بجھ گئیں۔ ٹیرس پر ہیوبرٹ اور ڈاکٹر اندھیرے میں ایک دوسرے کا چہرہ نہیں دیکھ پا رہے تھے، پھر بھی وہ ایک

دوسرے کی طرف دیکھ رہے تھے۔ کالونٹ اسکول سے کچھ دور میدان میں بہتے پہاڑی نالے کی آواز آ رہی تھی۔ جب بہت دیر بعد کُماؤں رجمنٹ سنٹر کا بگل سنائی دیا، تو ہیوبرٹ ہڑبڑا کر کھڑا ہو گیا۔

'اچھا، چلتا ہوں، ڈاکٹر، گڈ نائٹ۔'

'گڈ نائٹ، ہیوبرٹ ... مجھے معاف کرنا، میں سگار ختم کر کے اٹھوں گا۔'

صبح بدلی چھائی تھی۔ لتیکا کے کھڑکی کھولتے ہی دھند کا غبارہ سا اندر گھس آیا، جیسے رات بھر دیوار کے سہارے سردی میں ٹھٹھرتا ہوا وہ اندر آنے کا انتظار کر رہا ہو۔ اسکول سے اوپر چیپل جانے والی سڑک بادلوں میں چھپ گئی تھی، صرف چیپل کا 'کراس' دھند کے پردے پر ایک دوسرے کو کاٹتے ہوئے پنسل کی لکیروں سا دکھائی دے جاتا تھا۔

لتیکا نے کھڑکی سے آنکھیں ہٹائیں تو دیکھا کہ کریم الدّین چائے کی ٹرے لیے کھڑا ہے۔ کریم الدّین ملٹری میں اردلی رہ چکا تھا، اس لیے ٹرے میز پر رکھ کر، 'اٹنشن' کے انداز میں کھڑا ہو گیا۔

لتیکا جھٹکے سے اٹھ بیٹھی۔ صبح سے کاہلی میں کتنی بار جاگ کر وہ سو چکی ہے۔ اپنا غصہ مٹانے کے لیے لتیکا نے کہا، 'بڑی سردی ہے آج، بستر چھوڑنے کو جی نہیں چاہتا۔'

'اجی میم صاحب، ابھی کیا سردی آئی ہے ـــــ بڑے دنوں میں دیکھنا، جیسے دانت کٹکٹاتے ہیں ـــــ' اور کریم الدّین اپنے ہاتھوں کو بغلوں میں ڈالے ہوئے اس طرح سمٹ گیا جیسے ان دنوں کے تصور سے ہی اسے جاڑا لگنا شروع ہو گیا۔ گنجے سر پر دونوں طرف کے اس کے بال خضاب لگانے سے کتھئی رنگ کے بھورے ہو گئے تھے۔ بات چاہے کسی موضوع پر ہو رہی ہو، وہ ہمیشہ کھینچ تان کر اسے ایسے موضوع پر گھسیٹ لاتا تھا جہاں وہ بے جھجک اپنے خیالات کا اظہار کر سکے۔

'ایک بار تو یہاں مسلسل اتنی برف گری کہ بھوالی سے لے کر ڈاک بنگلے تک ساری سڑکیں جام ہو گئیں۔ اتنی برف تھی میم صاحب، کہ پیڑوں کی ٹہنیاں تک

سمٹ کر تنوں سے لپٹ گئی تھیں ـــــ بالکل ایسے،' اور کریم الدین نیچے جھک کر مرغی سا بن گیا۔

'کب کی بات ہے؟' لتیکا نے پوچھا۔

'اب یہ تو جوڑ حساب کر کے ہی پتہ چلے گا، میم صاحب ... لیکن اتنا یاد ہے کہ اس وقت انگریز بہادر یہیں تھے۔ کینٹونمنٹ کی عمارت پر قومی جھنڈا نہیں لگا تھا۔ بڑے جبر تھے یہ انگریز، دو گھنٹوں میں ہی ساری سڑکیں صاف کروا دیں۔ ان دنوں ایک سیٹی بجاتے ہی پچاس گھوڑے والے جمع ہو جاتے تھے۔ اب تو سارے شیڈ خالی پڑے ہیں۔ وہ لوگ اپنی خدمت بھی کروانا جانتے تھے، اب اجاڑ ہو گیا ہے۔' کریم الدین اداسی سے باہر دیکھنے لگا۔

آج یہ پہلی بار نہیں ہے جب لتیکا کریم الدین سے ان دنوں کی باتیں سن رہی ہے جب 'انگریز بہادر' نے اس مقام کو جنت بنا رکھا تھا۔

'آپ چھٹیوں میں اس سال بھی یہیں رہیں گی میم صاحب؟'

'دِکھتا تو کچھ ایسا ہی ہے کریم الدین ـــــ تمھیں پھر تنگ ہونا پڑے گا۔'

'کیا کہتی ہیں، میم صاحب! آپ کے رہنے سے ہمارا بھی من لگ جاتا ہے، ورنہ چھٹیوں میں تو یہاں کتے لوٹتے ہیں۔'

'تم ذرا مستری سے کہہ دینا کہ اس کمرے کی چھت کی مرمت کر جائے۔ پچھلے سال برف یا پانی دراروں سے ٹپکتا رہتا تھا۔' لتیکا کو یاد آیا کہ پچھلی سردیوں میں جب کبھی برف گرتی تھی، تو اسے پانی سے بچنے کے لیے رات بھر کمرے کے کونے میں سمٹ کر سونا پڑتا تھا۔

کریم الدین چائے کی ٹرے اٹھاتا ہوا بولا، 'ہیوبرٹ صاحب تو کل ہی چلے جائیں ـــــ کل رات ان کی طبیعت پھر خراب ہو گئی۔ آدھی رات کے وقت مجھے جگانے آئے تھے۔ کہتے تھے چھاتی میں تکلیف ہے۔ انھیں یہ موسم نہیں راس آتا۔ کہہ رہے تھے لڑکیوں کی بس میں وہ بھی کل ہی چلے جائیں گے۔'

کریم الدین دروازہ بند کر کے چلا گیا۔ لتیکا کا دل چاہا کہ وہ ہیوبرٹ کے کمرے میں جا کر ان کی طبیعت کی پوچھ تاچھ کر آئے۔ لیکن پھر نہ جانے کیوں

سلیپر پاؤں میں ٹنگے رہے اور وہ کھڑکی کے باہر بادلوں کو امڑتا ہوا دیکھتی رہی۔
ہیوبرٹ کا چہرہ جب اسے دیکھ کر سہما سا قابلِ رحم ہو جاتا ہے، تب لگتا ہے کہ وہ اپنی خاموش کمزور التجا میں اسے کوس رہا ہے ـــ نہ وہ اس کی غلط فہمی کو دور کرنے کی کوشش کر پاتی ہے، نہ اسے اپنی مجبوری کی صفائی دینے کی ہمت ہوتی ہے۔ اسے لگتا ہے کہ اس جالے سے باہر نکلنے کے لیے وہ دھاگے کے جس سرے کو پکڑتی ہے، وہ خود ایک گرہ بن کر رہ جاتا ہے...

باہر بوندا باندی ہونے لگی تھی ـــ کمرے کی ٹن کی چھت 'کھٹ کھٹ' بولنے لگی۔ لتیکا پلنگ سے اُٹھ کھڑی ہوئی۔ بستر کو تہہ کر بچھایا۔ پھر پیروں میں سلیپروں کو گھسیٹتے ہوئے وہ بڑے آئینے تک آئی اور اس کے سامنے اسٹول پر بیٹھ کر بالوں کو کھولنے لگی۔ لیکن کچھ دیر تک کنگھی بالوں میں ہی الجھی رہی اور وہ گم صم ہو شیشے میں اپنا چہرہ تکتی رہی۔ کریم الدین کو یہ کہنا یاد ہی نہیں رہا کہ دھیرے دھیرے آگ جلانے کی لکڑیاں جمع کر لیں۔ ان دنوں سستے داموں پر سوکھی لکڑیاں مل جاتی ہیں۔ 'پچھلے سال تو کمرہ دھوئیں سے بھر جاتا تھا جس کی وجہ سے کپکپاتی سردی میں بھی اُسے کھڑکی کھول کر ہی سونا پڑتا تھا۔

آئینے میں لتیکا نے اپنا چہرہ دیکھا ـــ وہ مسکرا رہی تھی۔ 'پچھلے سال اپنے کمرے کی سیلن اور ٹھنڈ سے بچنے کے لیے کبھی کبھی وہ مس ووڈ کے خالی کمرے میں چوری چھپکے سونے چلی جاتی تھی۔ مس ووڈ کا کمرہ بنا آگ کے بھی گرم رہا کرتا تھا۔ ان کے گدیلے صوفے پر لیٹتے ہی آنکھ لگ جاتی تھی۔ کمرہ چھٹیوں میں خالی پڑا رہتا ہے، لیکن مس ووڈ سے اتنا نہیں ہوتا کہ دو مہینے کے لیے اس کے حوالے کر جائیں۔ ہر سال کمرے میں تالا ٹھونک جاتی ہیں۔ وہ تو پچھلے سال غسل خانے میں اندر کی چٹخنی لگانا بھول گئی تھیں، جسے لتیکا چور دروازے کے روپ میں استعمال کرتی رہی تھی۔

پہلے سال اکیلے میں اسے بڑا ڈر سا لگا تھا۔ چھٹیوں میں سارے اسکول اور ہوسٹل کے کمرے سائیں سائیں کرنے لگتے ہیں۔ ڈر کے مارے اسے جب کبھی نیند نہیں آتی تھی، تب وہ کریم الدین کو رات میں دیر تک باتوں میں الجھائے رکھتی۔

باتوں میں جب وہ کھوئی سی سو جاتی، تب کو ریم الدین لیمپ بجھا کر چلا جاتا۔ کبھی کبھی بیماری کا بہانہ کر کے وہ ڈاکٹر کو بلوا بھیجتی تھی اور بعد میں بہت ضد کر کے دوسرے کمرے میں ان کا بستر لگوا دیتی۔

لتیکا نے کنگھے سے بالوں کا گچھا نکالا اور اُسے باہر پھینکنے کے لیے کھڑکی کے پاس آ کھڑی ہوئی۔ باہر چھت کے ڈھلان سے بارش کے پانی کی موٹی سی دھار برابر لان پر گر رہی تھی۔ بدلی نما آسمان میں کھسکتے ہوئے بادلوں کے پیچھے پہاڑیوں کے جھنڈ کبھی ابھر آتے تھے، کبھی چھپ جاتے تھے، جیسے چلتی ٹرین سے کوئی انھیں دیکھ رہا ہو۔ لتیکا نے کھڑکی سے سر باہر نکال لیا —— ہوا کے جھونکے سے اس کی آنکھیں جھپک گئیں۔ اُسے جتنے کام یاد آتے ہیں، اتنی ہی کاہلی گھنی ہوتی جاتی ہے۔ بس کی سیٹیں ریزرو کروانے کے لیے چپراسی کو روپے دینے ہیں۔ جو سامان ہوسٹل کی لڑکیاں پیچھے چھوڑے جا رہی ہیں، انھیں گودام میں رکھوانا ہوگا۔ کبھی کبھی تو چھوٹی کلاس کی لڑکیوں کے ساتھ پیکنگ کروانے کے کام میں بھی اُسے ہاتھ بٹانا پڑتا تھا۔

وہ ان کاموں سے اوبتی نہیں۔ دھیرے دھیرے سب نپٹتے جاتے ہیں۔ کوئی غلطی اِدھر اُدھر رہ جاتی ہے، جو بعد میں سُدھر جاتی ہے —— ہر کام میں کچھ نہ کچھ رہتی ہے، پریشانی اور دقّت ہوتی ہے —— لیکن دیر سویر اس سے چھٹکارا مل ہی جاتا ہے —— خالی کاریڈور میں گھومتی ہوئی وہ کبھی اس کمرے میں جاتی ہے اور کبھی اس میں۔ وہ نہیں جان پاتی کہ اپنے سے کیا کرے —— دل کہیں بھی نہیں ٹک پاتا، ہمیشہ بھٹکا بھٹکا سا رہتا ہے۔

اس سب کے باوجود ہر کوئی بہ آسانی پوچھ بیٹھتا ہے ''مس لتیکا، چھٹیوں میں آپ گھر نہیں جا رہی ہیں؟'' تب... وہ کیا کہے؟

ڈِنگ ڈانگ ڈِنگ ... اسپیشل سروس کے لیے اسکول چیپل کے گھنٹے بجنے لگے تھے۔ لتیکا نے اپنا سر کھڑکی کے اندر کر لیا۔ اس نے جھٹ پٹ ساڑی اتاری اور پیٹی کوٹ میں ہی کندھے پر تولیا ڈال غسل خانے میں چلی گئی

لیفٹ، رائٹ، لیفٹ، .... لیفٹ ...

کینٹونمنٹ جانے والی پکی سڑک پر چار چار کی لائن میں کماؤں ریجمنٹ کے سپاہیوں کی ایک ٹکڑی مارچ کر رہی تھی۔ فوجی بوٹوں کی بھاری اور کھردری آوازیں اسکول چیپل کی دیواروں سے ٹکرا کر اندر 'پریر ہال' میں گونج رہی تھیں۔

بلیسڈ آر دَ میک '... فادر المنڈ ایک لفظ چباتے ہوئے کھنکھارتی آواز میں 'سرمن آف دَ ماؤنٹ' پڑھ رہے تھے۔ عیسیٰ مسیح کی مورتی کے نیچے 'کینڈل بریم' کے دونوں طرف موم بتیاں جل رہی تھیں، جن کی روشنی آگے بیٹھی ہوئی لڑکیوں پر پڑ رہی تھی۔ پچھلی لائنوں کی بنچیں اندھیرے میں ڈوبی ہوئی تھیں، جہاں لڑکیاں عبادت کے انداز میں بیٹھی ہوئی سر جھکائے ایک دوسرے سے کھسر پھسر کر رہی تھیں۔ مس ووڈ اسکول سیزن کی کامیابی کے ساتھ ختم ہونے پر طلبا اور اسٹاف ممبروں کو مبارکباد کی تقریر کر چکی تھیں — اور اب فادر کے پیچھے بیٹھی ہوئی اپنے میں ہی کچھ بڑبڑا رہی تھیں جیسے دھیرے دھیرے فادر کو 'پرومٹ' کر رہی ہوں۔

'آمین'... فادر المنڈ نے بائبل میز پر رکھ دی اور 'پریر بک' اٹھالی۔ ہال کی خاموشی پل بھر کے لیے ٹوٹ گئی۔ لڑکیوں نے کھڑے ہوتے ہوتے جان بوجھ کر بنچوں کو دھکیلا — بنچیں فرش پر رگڑ کھا کر سیٹی بجاتی ہوئی پیچھے کھسک گئیں۔ — ہال کے کونے سے ہنسی پھوٹ پڑی۔ مس ووڈ کا چہرہ تن گیا، ماتھے پر بھنویں تن گئیں۔ پھر اچانک خاموشی چھا گئی — ہال کے اس گھٹے ہوئے دھندلکے میں فادر کی تیز پھٹی ہوئی آواز سنائی دینے لگی — 'جیسس سیڈ، آئی ایم دَ لائٹ آف دَ ورلڈ — ہی دَیٹ فالوئیتھ می شیل ناٹ واک ان ڈارکنس، بٹ شیل ہیو دَ لائٹ آف دَ لائٹ ...'

ڈاکٹر مکرجی نے اوب اور بے چینی سے بھری جماہی لی، 'کب یہ قصہ ختم ہوگا؟' اس نے اتنی اونچی آواز میں لتیکا سے پوچھا کہ وہ شرمندہ سی دوسری طرف دیکھنے لگی۔ اسپیشل سروس کے وقت ڈاکٹر مکرجی کے ہونٹوں پر طنزیہ مسکان کھیلتی رہی اور وہ دھیرے دھیرے اپنی مونچھوں کو کھینچتا رہا۔

فادر المنڈ کی پوشاک دیکھ کر لتیکا کے دل میں گدگدی سی دوڑ گئی۔ جب وہ

چھوٹی تھی، تو اکثر یہ بات سوچ کر حیران ہوا کرتی تھی کہ کیا پادری لوگ سفید چوغے کے نیچے کچھ نہیں پہنتے، اگر دھوکے سے وہ اوپر اٹھ جائے تو؟

لفٹ ... لفٹ ... لفٹ ... مارچ کرتے ہوئے فوجی بوٹ چیپل سے دور ہوتے جا رہے تھے — صرف ان کی گونج ہوا میں باقی رہ گئی تھی۔

'ہِم نمبر ۱۱۷—' فادر نے 'پریئر بک' کھولتے ہوئے کہا۔ ہال میں ہر لڑکی نے ڈِسک پر رکھی ہوئی ہِم بک کھول لی۔ صفحات پلٹنے کی کھڑکھڑاہٹ پھسلتی ایک سرے سے دوسرے سرے تک پھیل گئی۔

آگے کی بنچ سے ہیوبرٹ پیانو کے سامنے اسٹول پر بیٹھ گیا۔ موسیقی کا استاد ہونے کی وجہ سے ہر سال اسپیشل سروس کے موقع پر اسے 'کایر' کے ساتھ پیانو بجانا پڑتا تھا۔ ہیوبرٹ نے اپنے رومال سے ناک صاف کی۔ اپنی گھبراہٹ چھپانے کے لیے ہیوبرٹ ہمیشہ ایسا ہی کیا کرتا تھا۔ کنکھیوں سے ہال کی طرف دیکھتے ہوئے اس نے کانپتے ہاتھوں سے ہِم بک کھولی۔

لیڈ کائنڈلی لائٹ ...

پیانو کے سُر دبے، جھجکتے سے ملنے لگے۔ گھنے بالوں سے ڈھکی ہیوبرٹ کی لمبی، پیلی انگلیاں کھلنے سمٹنے لگیں۔ 'کایر' گانے والی لڑکیوں کی آوازیں ایک دوسرے سے گوندھ کر معصوم، نرم لہروں میں بندھ گئیں۔

لتیکا کو لگا، اس کا جوڑا ڈھیلا پڑ گیا ہے، جیسے گردن کے نیچے جھول رہا ہے۔ مِس ووڈ کی آنکھ بچا لتیکا نے چپ چاپ بالوں میں لگے کلپوں کو کس کر کھینچ دیا۔

'بڑا جھکّی آدمی ہے ... صبح میں نے ہیوبرٹ کو یہاں آنے سے منع کیا تھا، پھر بھی چلا آیا،' ڈاکٹر نے کہا۔

لتیکا کو کریم الدین کی بات یاد آ گئی۔ رات بھر ہیوبرٹ کو کھانسی کا دورہ پڑا تھا۔ ... کل جانے کے لیے کہہ رہے تھے ...

لتیکا نے سر ٹیڑھا کر کے ہیوبرٹ کے چہرے کی ایک جھلک پانے کی ناکام کوشش کی۔ اتنے پیچھے سے کچھ بھی دیکھ پانا ناممکن تھا، پیانو پر جھکا ہوا صرف ہیوبرٹ کا سر دکھائی دیتا تھا۔

لیڈ کائنڈلی لائٹ ... سنگیت کے سُر مانو ایک اونچی پہاڑی پر چڑھ کر ہانپتی ہوئی سانسوں کو آسمان کی گہری خاموشی میں بکھیرتے ہوئے نیچے اتر رہے ہیں۔ بارش کی ملائم دھوپ چیپل کے لمبے چوکور شیشوں پر جھلملا رہی ہے، جس کی ایک مہین چمکیلی لکیر عیسیٰ مسیح کے بت پر ترچھی ہو کر گر رہی ہے۔ موم بتیوں کا دھواں دھوپ میں نیلی سی لکیر کھینچتا ہوا ہوا میں تیرنے لگا ہے۔ پیانو کے لمحاتی 'پوز' میں لتیکا کو پتوں کی سرسراہٹ کہیں دور انجانی سمت سے آتی ہوئی سنائی دے جاتی ہے۔ ایک پل کے لیے اسے یہ وہم ہوا کہ چیپل کا پھیکا سا اندھیرا اس چھوٹے سے 'پریر ہال' کے چاروں کونوں سے سمٹتا ہوا اس کے آس پاس گھر آیا ہے ــــ جیسے کوئی اس کی آنکھوں پر پٹی باندھ کر اُسے یہاں تک لے آیا ہو اور اچانک اس کی دونوں آنکھیں کھول دی ہوں۔ اسے لگا کہ جیسے موم بتیوں کی ہلکی روشنی میں کچھ بھی ٹھوس، حقیقت نہ رہی ہو ــــ چیپل کی چھت، دیواریں، ڈیسک پر رکھا ہوا ڈاکٹر کا سگھڑ سڈول ہاتھ ــــ اور پیانو کے سُر ماضی کے دُھند کو چیرتے خود اس کا حصہ بنتے جا رہے ہوں...

ایک بیگلی سی یاد، ایک بے چین احساس ــــ چیپل کے شیشوں کے پرے پہاڑی سوکھی ہوا، ہوا میں جھکی ہوئی ویپنگ ویلوز کی کانپتی ٹہنیاں، پیروں تلے چیڑ کے پتوں کی دھیمی سی جانی پہچانی کھڑ.. کھڑ.. ! وہیں پر گریش ایک ہاتھ میں ملٹری کا خاکی ہیٹ لیے کھڑا ہے ــــ چوڑے اٹھے ہوئے مضبوط کندھے، اپنا سر وہاں ٹکا دو۔ تو جیسے سمٹ کر کھو جائے گا... چارلس ووئیر' یہ نام اس نے رکھا تھا۔ وہ جھینپ کر ہنسنے لگتا۔

'تمھیں آرمی میں کس نے چُن لیا، میجر بن گئے ہو، لیکن لڑکیوں سے بھی گئے گزرے ہو... ذرا ذرا سی بات پر چہرہ سرخ ہو جاتا ہے!' یہ سب وہ کہتی نہیں' صرف سوچتی تھی ــــ سوچا تھا کہوں گی، وہ کبھی کبھی نہیں آیا...

بوروونس کا سرخ پھول

لائے ہو

جھوٹے

خاکی قمیص کی جس جیب پر بیج چپکے تھے، اسی میں مسلا ہوا بورونس کا پھول نکل آیا۔

چھی، سارا مرجھا گیا

ابھی کھلا کہاں ہے؟

(ہاؤ کلمزی)

اس کے بالوں میں گریش کا ہاتھ الجھ رہا ہے —— پھول کہیں ٹک نہیں پاتا، پھر اُسے کلپ کے نیچے پھنسا کر اس نے کہا——

دیکھا

وہ مڑی اور اس سے پہلے کہ وہ کچھ کہہ پاتی، گریش نے اپنا ملٹری کا ہیٹ ڈھب سے اس کے سر پر رکھ دیا۔ وہ مسحور سی ویسے ہی کھڑی رہی۔ اس کے سر پر گریش کا ہیٹ ہے—— ماتھے پر چھوٹی سی بندی ہے، بندی پر اڑتے ہوئے بال ہیں۔ گریش نے اس بندی کو اپنے ہونٹوں سے چھوا ہے، اس نے اس کے ننگے سر کو اپنے دونوں ہاتھوں میں سمیٹ لیا ہے——

لتیکا

گریش نے چڑھتے ہوئے کہا—— مین ایٹر آف کمایوں—— (اس کا یہ نام گریش نے اسے چڑھانے کے لیے رکھا تھا)... وہ ہنسنے لگی۔

'لتیکا... سنو،' گریش کی آواز کیسی ہو گئی تھی۔

'نہ، میں کچھ بھی نہیں سن رہی۔'

'لتیکا، میں کچھ مہینوں میں واپس لوٹ آؤں گا...'

'نا، میں کچھ بھی نہیں سن رہی،' لیکن وہ سن رہی ہے—— وہ نہیں جو گریش کہہ رہا ہے، بلکہ وہ، جو نہیں کہا جا رہا ہے، جو اس کے بعد کبھی نہیں کہا گیا۔

لیڈ کائنڈلی لائٹ...

لڑکیوں کی آواز پیانو کی آواز میں ڈوبی ہوئی گر رہی ہے، اُٹھ رہی ہے...

ہیوبرٹ نے سر موڑ کر لتیکا کو پل بھر دیکھا —— آنکھیں موندے سوچ میں غرق، کسی مورتی سی بے حس، بے جان کھڑی تھی۔ کیا یہ انداز اس کے لیے ہے؟ کیا لتیکا نے ایسے لمحوں میں اُسے اپنا ساتھی بنایا ہے؟ ہیوبرٹ نے ایک گہری سانس لی اور اس سانس میں ڈھیر سی تھکان ابھر آئی۔

'دیکھو ... مس ووڈ کرسی پر بیٹھے بیٹھے سو رہی ہیں!' ڈاکٹر ہونٹوں میں ہی پھُس پھُسایا۔ یہ ڈاکٹر کا پرانا مذاق تھا کہ مس ووڈ پریر کرنے کے بہانے آنکھیں موندے ہوئے نیند کی جھپکیاں لیتی ہیں۔

فادر المنڈ نے کرسی پر پھیلے اپنے گاؤن کو سمیٹ لیا اور پریر مُک بند کر کے مِس ووڈ کے کانوں میں کچھ کہا۔ پیانو کی آواز مدھم ہونے لگی، ہیوبرٹ کی انگلیاں ڈھیلی پڑنے لگیں۔ سروس کے ختم ہونے سے قبل مِس ووڈ نے آرڈر پڑھ کر سنایا۔ بارش ہونے کے ڈر سے آج کے پروگرام میں کچھ ضروری تبدیلی کرنی پڑی تھی۔ پکنک کے لیے جھولا دیوی کے مندر جانا ممکن نہیں ہو سکے گا۔ اس لیے اسکول سے کچھ دور 'میڈوز' میں ہی سب لڑکیاں ناشتے کے بعد جمع ہوں گی۔ سبھی لڑکیوں کو دوپہر کا 'لنچ' ہوسٹل کچن سے ہی لے جانا ہوگا، صرف شام کی چائے 'میڈوز' میں بنے گی۔

پہاڑوں کی بارش کا کیا بھروسہ، کچھ دیر پہلے دھواں دھار بادل گرج رہے تھے۔ سارا شہر پانی میں بھیگا ٹھٹھر رہا تھا —— اب دھوپ میں نہایا نیلا آکاش دُھند کی آڑ سے باہر نکلتا ہوا پھیل رہا تھا۔ لتیکا نے چیپل سے باہر آتے ہوئے دیکھا —— وپینگ ویلوز کی بھیگی شاخوں سے دھوپ میں چمکتی ہوئی بارش کی بوندیں ٹپک رہی تھیں ...

لڑکیاں چیپل سے باہر نکل کر چھوٹے چھوٹے جھنڈ بنا کر کاریڈور میں جمع ہوگئی ہیں۔ ناشتے کے لیے ابھی پون گھنٹہ پڑا تھا اور ان میں سے کوئی لڑکی ہوسٹل جانے کی خواہش مند نہیں تھی۔ چھٹیاں ابھی شروع نہیں ہوئی تھیں۔ لیکن شاید اسی لیے وہ اِن چند بچے کھچے لمحوں میں ڈسپلن کے دائرے کے اندر بھی آزاد ہونے کا بھرپور

مزہ اٹھا لینا چاہتی تھیں۔

مس ووڈ کو لڑکیوں کا یہ گل گپاڑہ کھل گیا، لیکن فادر المنڈ کے سامنے وہ انھیں ڈانٹ پھٹکار نہیں سکیں۔ اپنی جھنجھلاہٹ دبا کر وہ مسکراتے ہوئے بولیں، 'کل سب چلی جائیں گی، سارا اسکول ویران ہو جائے گا۔'

فادر المنڈ کا لمبا پُرنور چہرہ چیپل کی گھٹی ہوئی حرارت سے سرخ ہو گیا تھا۔ کاریڈور کے جنگلے پر اپنی چھڑی لٹکا کر وہ بولے، 'چھٹیوں میں پیچھے ہوسٹل میں کون رہے گا؟'

'پچھلے دو تین سالوں سے مس لتیکا ہی رہ رہی ہیں...'

'اور ڈاکٹر مکرجی؟' فادر کا اوپری ہونٹ ذرا کھنچ گیا۔

ڈاکٹر تو سردی گرمی یہیں رہتے ہیں۔' مس ووڈ نے حیرت سے فادر کی طرف دیکھا۔ وہ سمجھ نہیں سکیں کہ فادر نے ڈاکٹر کا قصہ کیوں چھیڑ دیا ہے۔

'ڈاکٹر مکرجی چھٹیوں میں کہیں نہیں جاتے؟'

'دو مہینے کی چھٹیوں میں برما جانا کافی مشکل ہے، فادر!' مس ووڈ ہنسنے لگیں۔

'مس ووڈ، پتہ نہیں آپ کیا سوچتی ہیں۔ مجھے تو مس لتیکا کا اکیلے ہوسٹل میں رہنا کچھ سمجھ میں نہیں آتا۔'

'لیکن فادر،' مس ووڈ نے کہا، 'یہ تو کانونٹ اسکول کا قاعدہ ہے کہ کوئی بھی ٹیچر چھٹیوں میں اپنے خرچے پر ہوسٹل میں رہ سکتی ہے۔'

'میں فی الحال اسکول کے قاعدے کی بات نہیں کر رہا... مس لتیکا ڈاکٹر کے ساتھ یہاں اکیلی ہی رہ جائیں گی اور سچ پوچھیے مس ووڈ، ڈاکٹر کے بارے میں میری رائے کوئی بہت اچھی نہیں ہے...'

'فادر، آپ کیسی بات کر رہے ہیں... مس لتیکا بچی تھوڑی ہی ہیں...'

مس ووڈ کو ایسی امید نہیں تھی کہ فادر المنڈ اپنے دل میں دقیانوسی خیالات کو جگہ دیں گے۔

فادر المنڈ کچھ حیران سے ہو گئے۔ بات ٹالتے ہوئے بولے، 'مس ووڈ، میرا

مطلب یہ نہیں تھا۔ آپ تو جانتی ہیں مس لتیکا اور اس ملٹری افسر کو لے کر ایک اچھا خاصا اسکینڈل بن گیا تھا، اسکول کی بدنامی ہونے میں کیا دیر لگتی ہے۔'

'وہ بے چارہ تو اب نہیں رہا۔ میں اسے جانتی تھی فادر! خدا اس کی روح کو سکون دے۔'

مس ووڈ نے اپنی دونوں باہوں سے کراس کیا۔

فادر المنڈ کو مس ووڈ کی بیوقوفی پر اتنی کوفت ہوئی کہ ان سے آگے کچھ اور نہیں بولا گیا۔ ڈاکٹر مکرجی سے ان کی کبھی نہیں پٹتی تھی، اس لیے مس ووڈ کی آنکھوں میں وہ ڈاکٹر کو نیچا دکھانا چاہتے تھے۔ لیکن مس ووڈ لتیکا کا رونا لے بیٹھیں۔ آگے بات بڑھانا بیکار تھا۔ انھوں نے چھڑی کو جنگلے سے اٹھایا اور اوپر صاف کھلے آکاش کو دیکھتے ہوئے بولے، 'پروگرام آپ نے یوں ہی بدلا، مس ووڈ، اب کیا بارش ہوگی!'

ہیوبرٹ جب چیپل سے باہر نکلا تو اس کی آنکھیں چکا چوندھ سی ہو گئیں۔ اسے لگا جیسے کسی نے اچانک ڈھیر سی چمکیلی اُبلتی ہوئی روشنی مٹھی میں بھر کر اس کی آنکھوں میں جھونک دی ہو۔ پیانو کے سنگیت کے سُر روئی کے چھوٹے موٹے ریشوں کی طرح اب تک اس کے ذہن کے تھکے ماندے نسوں پر پھڑپھڑا رہے تھے۔ وہ کافی تھک گیا تھا۔ پیانو بجانے سے پھیپھڑوں پر ہمیشہ بھاری دباؤ پڑتا، دل کی دھڑکن تیز ہو جاتی تھی۔ اسے لگتا تھا کہ سنگیت کے ایک نوٹ کو دوسرے نوٹ میں اتارنے کی کوشش میں وہ ایک اندھیری کھائی پار کر رہا ہے۔

آج چیپل میں میں نے جو محسوس کیا، وہ کتنا پُر اسرار، کتنا عجیب تھا، ہیوبرٹ نے سوچا۔ مجھے لگا پیانو کا ہر نوٹ مسلسل خاموشی کے تاریک غار سے نکل کر باہر پھیلی نیلی دُھند کو کاٹتا، تراشتا ہوا ایک بھولا سا معنی کھینچ لاتا ہے۔ گرتا ہوا ہر 'پوز' ایک چھوٹی سی موت ہے، جیسے گھنے سایہ دار درختوں کے کانپتے سائے میں کوئی پگڈنڈی گم ہو گئی ہو، ایک چھوٹی سی موت جو آنے والے سُروں کو اپنی بچی کھچی گونجوں کی سانسیں وقف کر جاتی ہے... جو مر جاتی ہے، لیکن مٹ نہیں پاتی، مٹتی نہیں، اس لیے مر کر بھی زندہ ہے، دوسرے سُروں میں گھل جاتی ہے...

'ڈاکٹر، کیا موت ایسے ہی آتی ہے؟' اگر میں ڈاکٹر سے پوچھوں تو وہ ہنس کر ٹال دے گا۔ مجھے لگتا ہے وہ پچھلے کچھ دنوں سے کوئی بات چھپا رہا ہے — اس کی ہنسی میں جو ہمدردی کا احساس ہوتا ہے، وہ مجھے اچھا نہیں لگتا۔ آج مجھے اس نے اسپیشل سروس میں آنے سے روکا تھا — وجہ پوچھنے پر وہ خاموش رہا تھا۔ کون سی ایسی بات ہے، جسے مجھ سے کہنے میں ڈاکٹر کتراتا ہے۔ شاید میں شکی مزاج ہوتا جا رہا ہوں، اور بات کچھ بھی نہیں۔

ہیوبرٹ نے دیکھا، لڑکیوں کی قطار اسکول سے ہوسٹل جانے والی سڑک پر نیچے اترتی جا رہی ہے۔ اجلی دھوپ میں ان کے رنگ برنگے ربن، ہلکے آسمانی رنگ کی فراکیں اور سفید پیٹیاں چمک رہی ہیں۔ سینیئر کیمبرج کی کچھ لڑکیوں نے چیپل کے باغیچے سے کچھ گلاب کے پھولوں کو توڑ کر اپنے بالوں میں لگا لیا ہے۔ کینٹونمنٹ کے تین چار سپاہی لڑکیوں کو دیکھتے ہوئے گندے مذاق کرتے ہوئے ہنس رہے ہیں اور کبھی کبھی کسی لڑکی کی طرف ذرا سا جھک کر سیٹی بجانے لگتے ہیں۔

'ہیلو مسٹر ہیوبرٹ ...' ہیوبرٹ نے چونک کر پیچھے دیکھا۔ لتیکا ایک موٹا سا رجسٹر بغل میں دبائے کھڑی تھی۔

'آپ ابھی یہیں ہیں؟' ہیوبرٹ کی نگاہیں لتیکا پر ٹکی رہیں۔ وہ کریم رنگ کی پوری بانہہ کی اونی جیکٹ پہنے ہوئے تھی۔ کماؤنی لڑکیوں کی طرح لتیکا کا گلا گول تھا، دھوپ کی تپش سے پکا گیہواں رنگ، کہیں کہیں ہلکا سا گلابی ہو گیا تھا، مانو بہت دھونے پر بھی گلاب کے کچھ دھبے ادھر اُدھر بکھرے رہ گئے ہوں۔

'ان لڑکیوں کے نام نوٹ کرنے تھے جو کل جا رہی ہیں ... اس لیے پیچھے رکنا پڑا۔ آپ بھی تو کل جا رہے ہیں مسٹر ہیوبرٹ؟'

'ابھی تک تو یہی ارادہ ہے۔ یہاں رک کر بھی کیا کروں گا؟ آپ اسکول کی طرف جا رہی ہیں؟'

'چلیے ...!'

پکی سڑک پر لڑکیوں کی بھیڑ جمع تھی، اس لیے وہ دونوں پولو گراؤنڈ کا چکر کاٹتے ہوئے پگڈنڈی سے نیچے اترنے لگے۔

ہوا تیز ہو چلی۔ چیڑ کے پتے ہر جھونکے کے ساتھ ٹوٹ ٹوٹ کر پگڈنڈی پر ڈھیر لگاتے جاتے تھے۔ ہیوبرٹ راستہ بنانے کے لیے اپنی چھڑی سے اُنھیں بُہار کر دونوں طرف بکھیر دیتا تھا۔ لتیکا پیچھے کھڑی ہوئی دیکھتی رہتی تھی۔ الموڑہ کی طرف سے آتے ہوئے چھوٹے چھوٹے بادل ریشمی رومالوں سے اُمڑتے ہوئے سورج کے منہ پر لپٹے سے جاتے تھے، پھر ہوا میں بہہ نکلتے تھے۔ اس کھیل میں دھوپ کبھی ہلکی، پھیکی سی پڑ جاتی تھی، کبھی اپنا اُجلا آنچل کھول کر پورے شہر کو اپنے میں سمیٹ لیتی تھی۔

لتیکا ذرا آگے نکل گئی۔ ہیوبرٹ کی سانس چڑھ گئی تھی اور وہ دھیرے دھیرے ہانپتا ہوا پیچھے سے آرہا تھا۔ جب وہ پولو گراؤنڈ کے پویلین کو چھوڑ کر سیمیٹری کے داہنے طرف مُڑے، تو لتیکا ہیوبرٹ کا انتظار کرنے کے لیے کھڑی ہو گئی۔ اُسے یاد آیا کہ چھٹیوں کے دنوں میں جب کبھی کمرے میں اکیلے بیٹھے بیٹھے اس کا جی اوب جاتا تھا تو وہ اکثر ٹہلتے ہوئے سیمیٹری تک چلی جاتی تھی۔ اس کے پاس کی پہاڑی پر چڑھ کر وہ برف میں ڈھکے دیودار کے درختوں کو دیکھا کرتی تھی، جن کی جھکی ہوئی شاخوں سے روئی کے گالوں سی برف نیچے گرا کرتی تھی۔ نیچے بازار جانے والی سڑک پر بچے سلیج پر پھسلا کرتے تھے۔ وہ کھڑی کھڑی برف میں چھپی ہوئی اس سڑک کا اندازہ لگایا کرتی تھی جو فادر المنڈ کے گھر سے گزرتی ہوئی ملٹری ہسپتال اور ڈاک گھر سے ہو کر چرچ کی سیڑھیوں تک جا کر گم ہو جاتی تھی۔ جو تفریح ایک مشکل پہیلی کو سلجھانے میں ہوتی ہے، وہی لتیکا کو برف میں کھوئے راستوں کو ڈھونڈ نکالنے میں ہوتی تھی۔

'آپ بہت تیز چلتی ہیں، مس لتیکا۔' ـــــ تھکان سے ہیوبرٹ کا چہرہ مرجھا گیا تھا۔ ماتھے پر پسینے کی بوندیں چھلک آئی تھیں۔

'کل رات آپ کی طبیعت کیا کچھ خراب ہو گئی تھی؟'

'آپ نے کیسے جانا؟ کیا میں بیمار دکھ رہا ہوں؟' ہیوبرٹ کی آواز میں ہلکے سے غصّے کا احساس تھا۔ 'سب لوگ میری صحت کو لے کر کیوں بات شروع کرتے ہیں؟' اس نے سوچا۔

'نہیں، مجھے پتہ بھی نہیں چلتا، وہ تو صبح کریم الدین نے باتوں ہی باتوں میں ذکر چھیڑ دیا تھا،' لتیکا کچھ پریشان سی ہو گئی۔

'کوئی خاص بات نہیں، وہ پرانا درد شروع ہو گیا تھا — اب بالکل ٹھیک ہے۔' اپنے بیان کی تصدیق کے لیے ہیوبرٹ چھاتی سیدھی کر کے تیز قدم بڑھانے لگا۔

'ڈاکٹر مکرجی کو دکھایا تھا؟'

'وہ صبح آئے تھے۔ ان کی بات کچھ سمجھ میں نہیں آتی۔ ہمیشہ دو باتیں ایک دوسرے سے الٹی کہتے ہیں۔ کہتے تھے کہ اس بار مجھے چھ سات مہینے کی چھٹی لے کر آرام کرنا چاہیے، لیکن اگر میں ٹھیک ہوں، تو بھلا اس کی کیا ضرورت ہے؟'

ہیوبرٹ کی آواز میں درد کا سایہ لتیکا سے چھپا نہ رہ سکا۔ بات کو ٹالتے ہوئے اس نے کہا، 'آپ تو ناحق فکر کرتے ہیں، مسٹر ہیوبرٹ۔ آج کل موسم بدل رہا ہے، اچھے بھلے آدمی تک بیمار ہو جاتے ہیں۔'

ہیوبرٹ کا چہرہ خوشی سے دمکنے لگا۔ اس نے لتیکا کو غور سے دیکھا۔ وہ اپنے دل کا شک مٹانے کے لیے بے فکر ہو جانا چاہتا تھا کہ کہیں لتیکا اسے صرف دلاسہ دینے کے لیے ہی تو جھوٹ نہیں بول رہی ہے۔

'یہی تو میں سوچ رہا تھا، مس لتیکا۔ ڈاکٹر کی صلاح سن کر تو میں ڈر ہی گیا۔ بھلا چھ مہینے کی چھٹی لے کر میں اکیلا کیا کروں گا؟ اسکول میں تو بچوں کے ساتھ دل لگا رہتا ہے۔ سچ پوچھو تو دلی میں یہ دو مہینوں کی چھٹیاں کاٹنی بھی مشکل ہو جاتی ہیں...'

'مسٹر ہیوبرٹ، کل آپ دلی جا رہے ہیں؟'

لتیکا چلتے چلتے اچانک ٹھٹھک گئی۔ سامنے پولو گراؤنڈ پھیلا تھا، جس کے دوسری طرف ملٹری کی ٹرکیں کینٹونمنٹ کی طرف جا رہی تھیں۔ ہیوبرٹ کو لگا، جیسے لتیکا کی آنکھیں نیم وا سی رہ گئی ہیں، جیسے پلکوں پر ایک پرانا، بھولا سا سپنا کھسک آیا ہے۔

'مسٹر ہیوبرٹ... آپ دلی جا رہے ہیں،' اس بار لتیکا نے سوال نہیں دہرایا۔

اس کی آواز میں صرف ایک بے پناہ دوری کا سا احساس گھر آیا۔

'بہت عرصہ پہلے میں بھی دلّی گئی تھی، مسٹر ہیوبرٹ۔ تب میں بہت چھوٹی تھی —— نہ جانے کتنے برس بیت گئے۔ ہماری موسی کا بیاہ وہیں ہوا تھا —— بہت سی چیزیں دیکھی تھیں، لیکن اب تو سب کچھ دھندلا سا پڑ گیا ہے۔ اتنا یاد ہے کہ ہم قطب پر چڑھے تھے۔ سب سے اونچی منزل سے ہم نے نیچے جھانکا تھا —— نہ جانے کیسا لگا تھا۔ نیچے چلتے ہوئے آدمی چابی بھرے کھلونوں سے لگتے تھے۔ ہم نے اوپر سے ان پر مونگ پھلیاں پھینکی تھیں، لیکن ہم بہت مایوس ہوئے تھے کیوں کہ ان میں سے کسی نے ہماری طرف نہیں دیکھا۔ شاید ماں نے مجھے ڈانٹا تھا، اور میں صرف نیچے جھانکتے ہوئے ڈر گئی تھی۔ سنا ہے اب تو دلّی اتنی بدل گئی ہے کہ پہچانی نہیں جاتی ...'

وہ دونوں پھر چلنے لگے۔ ہوا کی رفتار سست پڑنے لگی۔ اڑتے ہوئے بادل اب سستانے سے لگے تھے، ان کے سائے نندا دیوی اور پنچ چولی کی پہاڑیوں پر گر رہے تھے۔ اسکول کے پاس پہنچتے پہنچتے چیڑ کے درخت پیچھے چھوٹ گئے، کہیں کہیں خوبانی کے درختوں کے آس پاس بورونس کے سرخ پھول دھوپ میں چمک جاتے تھے۔ اسکول تک آنے میں انھوں نے پولو گراؤنڈ کا لمبا چکر لگالیا تھا۔

'مس لتیکا، آپ چھٹیوں میں کہیں جاتی کیوں نہیں —— سردیوں میں تو یہاں سب کچھ ویران ہو جاتا ہوگا؟'

'اب مجھے یہاں اچھا لگتا ہے،' لتیکا نے کہا، 'پہلے سال، تنہائی کچھ کھلی تھی — اب عادی ہو گئی ہوں۔ کرسمس سے ایک رات قبل کلب میں ڈانس ہوتا ہے، لاٹری ڈالی جاتی ہے اور رات کو دیر تک ناچ گانا ہوتا رہتا ہے۔ نئے سال کے دن کماؤں ریجمنٹ کی طرف سے پریڈ گراؤنڈ میں کارنیوال کیا جاتا ہے، برف پر اسکیٹنگ ہوتی ہے، رنگ برنگے غباروں کے نیچے فوجی بینڈ بجتا ہے، فوجی افسر فینسی ڈریس میں حصہ لیتے ہیں —— ہر سال ایسا ہی ہوتا ہے، مسٹر ہیوبرٹ۔ پھر کچھ دن بعد ونٹر اسپورٹس کے لیے انگریز ٹورسٹ آتے ہیں۔ ہر سال میں ان سے واقف ہوتی ہوں، واپس لوٹتے ہوئے وہ ہمیشہ وعدہ کرتے ہیں کہ اگلے سال بھی

آئیں گے، لیکن میں جانتی ہوں کہ وہ نہیں آئیں گے، وہ بھی جانتے ہیں کہ وہ نہیں آئیں گے، پھر بھی ہماری دوستی میں کوئی فرق نہیں پڑتا۔ پھر... پھر کچھ دنوں بعد کچھ دنوں بعد پہاڑوں پر برف پگھلنے لگتی ہے، چھٹیاں ختم ہونے لگتی، آپ سب لوگ اپنے اپنے گھروں میں واپس لوٹ آتے ہیں — اور مسٹر ہیوبرٹ پتہ بھی نہیں چلتا کہ چھٹیاں کب شروع ہوئی تھیں، کب ختم ہوگئیں۔'

لتیکا نے دیکھا کہ ہیوبرٹ اس کی طرف خوف زدہ نگاہوں سے دیکھ رہا ہے۔ وہ سٹپٹا کر خاموش ہوگئی۔ اُسے لگا، جیسے وہ اتنی دیر سے پاگل سی فضول بک بک کر رہی ہو۔

'مجھے معاف کرنا، مسٹر ہیوبرٹ... کبھی کبھی بچوں کی طرف باتوں میں بہک جاتی ہوں۔'

'مس لتیکا...' ہیوبرٹ نے دھیرے سے کہا۔ وہ چلتے چلتے رک گیا تھا۔ لتیکا ہیوبرٹ کی بھاری آواز سے چونک سی گئی۔

'کیا بات ہے، مسٹر ہیوبرٹ؟'

'وہ خط... اس کے لیے میں شرمندہ ہوں۔ اُسے آپ واپس لوٹا دیں سمجھ لیں کہ اسے میں نے کبھی نہیں لکھا تھا۔'

لتیکا کچھ سمجھ نہ سکی، حیران سی کھڑی ہوئی، ہیوبرٹ کے زرد، پریشان چہرے کو دیکھتی رہی۔

ہیوبرٹ نے دھیرے سے لتیکا کے کندھے پر ہاتھ رکھ دیا۔

'کل ڈاکٹر نے مجھے سب کچھ بتا دیا۔ اگر مجھے پہلے سے معلوم ہوتا تو... تو...' ہیوبرٹ ہکلانے لگا۔

'مسٹر ہیوبرٹ...' لیکن لتیکا سے آگے کچھ بھی نہیں کہا گیا۔ اس کا چہرہ سفید ہوگیا تھا۔

دونوں چپ چاپ کچھ دیر تک اسکول کے گیٹ کے باہر کھڑے رہے۔

میڈوز... پگڈنڈیوں، پتوں، سایوں سے گھرا چھوٹا سا جزیرہ، جیسے کوئی گھونسلا

دوہری گھاٹیوں کے درمیان آدبا ہو۔ اندر گھستے ہی پکنک کے کالے آگ سے جھلسے ہوئے پتھر، ادھ جلی ٹہنیاں، بیٹھنے کے لیے بچھائے گئے پرانے اخباروں کے ٹکڑے اِدھر اُدھر بکھرے ہوئے دکھائی دے جاتے ہیں۔ اکثر ٹورسٹ پکنک کے لیے یہاں آتے ہیں۔ میڈوز کے درمیان میں کاٹتا ہوا ٹیڑھا میڑھا برساتی نالا بہتا ہے، جو دور سے دھوپ میں چمکتا ہوا، سفید ربن سا دکھائی دیتا ہے۔

یہاں پر کاٹھ کے تختوں کا بنا ہوا ٹوٹا سا پُل ہے، جس پر لڑکیاں ہچکولے کھاتی ہوئی چل رہی ہیں۔

'ڈاکٹر مکر جی، آپ تو سارا جنگل جلا دیں گے'، مس ووڈ نے اپنی اونچی ایڑی کے سینڈل میں جلتی ہوئی دیا سلائی کو دبا ڈالا، جو ڈاکٹر نے سگار سلگا کر چیڑ کے درختوں کے ڈھیر پر پھینک دی تھی۔ وہ نالے سے کچھ دور ہٹ کر چیڑ کے درختوں کے گوندھے ہوئے سائے کے نیچے بیٹھے تھے۔ ان کے سامنے ایک چھوٹا سا راستہ نیچے پہاڑی گاؤں کی طرف جاتا تھا، جہاں پہاڑ کی گود میں شکر پاروں کے کھیت ایک دوسرے کے نیچے بچھے ہوئے تھے۔ دوپہر کے سنّاٹے میں بھیڑ بکریوں کے گلے میں بندھی ہوئی گھنٹیوں کی آواز ہوا میں بہتی ہوئی سنائی دے جاتی تھی۔

گھاس پر لیٹے لیٹے ڈاکٹر سگار پیتے رہے۔

جنگل کی آگ کبھی دیکھی ہے، مس ووڈ... ایک المست نشے کی طرح دھیرے دھیرے پھیلتی جاتی ہے'۔

'آپ نے کبھی دیکھی ہے ڈاکٹر؟ مس ووڈ نے پوچھا، 'مجھے تو بڑا ڈر لگتا ہے'۔

'بہت سال پہلے شہروں کو جلتے ہوئے دیکھا تھا۔' ڈاکٹر لیٹے ہوئے آسمان کی طرف تاک رہے تھے۔ 'ایک ایک مکان تاش کے پتوں کی طرح گرتا جاتا ہے۔ بدقسمتی سے ایسے مواقع دیکھنے میں بہت کم آتے ہیں'۔

'آپ نے کہاں دیکھا، ڈاکٹر؟'

'لڑائی کے دنوں میں اپنے شہر رنگون کو جلتے ہوئے دیکھا تھا'۔

مس ووڈ کی آتما کو ٹھیس لگی، لیکن پھر بھی ان کا تجسس سرد نہ پڑا۔

'آپ کا گھر —— کیا وہ بھی جل گیا تھا؟'

ڈاکٹر کچھ دیر تک چپ چاپ لیٹا رہا۔

'ہم اُسے خالی چھوڑ کر چلے آئے تھے —— معلوم نہیں بعد میں کیا ہوا؟' اپنی ذاتی زندگی کے بارے میں کچھ بھی کہنے میں ڈاکٹر کو خفّت محسوس ہوتی ہے۔

'ڈاکٹر، کیا آپ کبھی واپس برما جانے کی بات نہیں سوچتے؟' ڈاکٹر نے انگڑائی لی اور کروٹ بدل کر اوندھے منہ لیٹ گئے۔ ان کی آنکھیں موند گئیں اور ماتھے پر بالوں کی لٹیں جھول آئیں۔

'سوچنے سے کیا ہوتا ہے مس ووڈ... جب برما میں تھا، تب کیا کبھی سوچا تھا کہ یہاں آکر عمر کاٹنی ہوگی؟'

'لیکن ڈاکٹر، کچھ بھی کہہ لو، اپنے دیش کا سا سُکھ کہیں اور نہیں ملتا۔ یہاں تم چاہے کتنے برس رہ لو، اپنے کو ہمیشہ اجنبی سی پاؤ گے۔'

ڈاکٹر نے سگار کے دھوئیں کو دھیرے دھیرے، ہوا میں چھوڑ دیا —— 'دراصل اجنبی تو میں وہاں بھی سمجھا جاؤں گا، مس ووڈ۔ اتنے برسوں بعد مجھے کون پہچانے گا؟ اس عمر میں نئے سرے سے رشتے جوڑنا کافی سردردی کا کام ہے —— کم از کم میرے بس کی بات نہیں ہے۔'

'لیکن ڈاکٹر، آپ کب تک اس پہاڑی قصبے میں پڑے رہیں گے —— اسی ملک میں رہنا ہے تو کسی بڑے شہر میں پریکٹس شروع کیجیے؟'

'پریکٹس بڑھانے کے لیے کہاں کہاں بھٹکتا پھروں گا، مس ووڈ۔ جہاں رہو وہیں مریض مل جاتے ہیں۔ یہاں آیا تھا کچھ دنوں کے لیے —— پھر مدّت ہوگئی اور ٹِکا رہا۔ جب کبھی جی اوبے گا، کہیں چلا جاؤں گا۔ جڑیں کہیں نہیں جمتیں، تو پیچھے بھی نہیں چھوٹ جاتا۔ مجھے اپنے بارے میں کوئی غلط فہمی نہیں ہے، مس ووڈ۔ میں سُکھی ہوں۔'

مس ووڈ نے ڈاکٹر کی بات پر خاص توجہ نہ دی۔ دل میں وہ ہمیشہ ڈاکٹر کو لااُبالی، لاپروا اور سنکی سمجھتی رہی ہے۔ لیکن ڈاکٹر کے کردار پر اُسے یقین ہے۔ نہ جانے کیوں، کیوں کہ ڈاکٹر نے جانے انجانے میں اس کا کوئی ثبوت دیا ہو، یہ

اُسے یاد نہیں پڑتا۔

مِس ووڈ نے ایک ٹھنڈی سانس بھری۔ وہ ہمیشہ سوچتی تھی کہ اگر ڈاکٹر اتنا کاہل اور لاپرواہ نہ ہوتا تو اپنی قابلیت کے بوتے پر کافی چمک سکتا تھا۔ اسی لیے انھیں ڈاکٹر پر غصّہ بھی آتا تھا اور دکھ بھی ہوتا تھا۔

مِس ووڈ نے اپنے بیگ سے اون کا گولا اور سلائیاں نکالیں، پھر اس کے نیچے سے اخبار میں لپٹا ہوا چوڑا کافی کا ڈبہ اٹھایا، جس میں انڈوں کی سینڈوچیں، اور ہمبرگر دبے ہوئے تھے۔ تھرمس سے پیالوں میں کافی انڈیلتے ہوئے مِس ووڈ نے کہا، 'ڈاکٹر، کافی ٹھنڈی ہو رہی ہے۔'

ڈاکٹر نے لیٹے لیٹے سرگوشی کی۔ مِس ووڈ نے نیچے جھک کر دیکھا، وہ کہنی پر سر ٹکائے چپ چاپ سو رہا تھا۔ اوپر کا ہونٹ ذرا سا پھیل کر مڑ گیا تھا، جیسے کسی سے مذاق کرنے سے پہلے مسکرا رہا ہو۔

اس کی انگلیوں میں دبا ہوا سگار نیچے جھکا ہوا لٹک رہا تھا۔

'میری، میری، وہاٹ ڈو یُو وانٹ ——' دوسرے اسٹینڈرڈ میں پڑھنے والی میری نے اپنی شوخ و چنچل آنکھیں اوپر اٹھائیں —— لڑکیوں کا دائرہ اُسے گھیرے ہوئے کبھی پاس آتا تھا، کبھی دور کھنچتا چلا جاتا تھا۔

'آئی وانٹ —— آئی وانٹ بلو ——' دونوں ہاتھوں کو ہوا میں گھماتے ہوئے میری چیخی۔ دائرہ پانی کی طرح ٹوٹ گیا۔ ساری لڑکیاں ایک دوسرے پر گرتی پڑتی کسی نیلی چیز کو چھونے کے لیے بھاگ دوڑ کرنے لگیں۔

لنچ ختم ہو چکا تھا۔ لڑکیوں کی چھوٹی چھوٹی ٹکڑیاں میڈوز میں بکھر گئی تھیں۔ اونچی کلاس کی کچھ لڑکیاں چائے کا پانی گرم کرنے کے لیے پیڑوں پر چڑھ کر سوکھی ٹہنیاں توڑ رہی تھیں۔

دوپہر کی اس گھڑی میں میڈوز السایا اونگھتا سا جان پڑتا تھا۔ ہوا کا کوئی بھولا بھٹکا جھونکا —— چیڑ کے پتّے کھڑکھڑا اٹھتے تھے۔ کبھی کوئی پرندہ اپنی سستی

مٹا نے جھاڑیوں سے اڑ کر نالے کے کنارے بیٹھ جاتا تھا، پانی میں سر ڈبوتا تھا، پھر اوب کر ہوا میں دو چار بے مقصد چکر کاٹ کر دوبارہ جھاڑیوں میں ڈبک جاتا تھا۔

لیکن جنگل کی خاموشی شاید کبھی چپ نہیں رہتی - گہری نیند میں ڈوبی سپنوں سی کچھ آوازیں خاموشی کے ہلکے جھینے پردے پر سلوٹیں بچھا جاتی ہیں —— خاموش لہروں سی ہوا میں تیرتی ہیں —— جیسے کوئی دبے پاؤں جھانک کر غیر مرئی اشارہ کر جاتا ہے —— 'دیکھو میں یہاں ہوں۔'

لتیکا نے جولی کے 'باب ہیر' کو سہلاتے ہوئے کہا، 'تمھیں کل رات بلایا تھا۔'

'میڈم، میں گئی تھی —— آپ اپنے کمرے میں نہیں تھیں۔' لتیکا کو یاد آیا کہ کل رات وہ ڈاکٹر کے کمرے میں ٹیرس پر دیر تک بیٹھی رہی تھی —— اور اندر ہیوبرٹ پیانو پر شوپاں کا نوکٹرن بجا رہا تھا۔

'جولی، تم سے کچھ پوچھنا تھا۔' اُسے لگا وہ جولی کی آنکھوں سے اپنے کو بچا رہی ہے۔

جولی نے اپنا چہرہ اوپر اٹھایا۔ اس کی بھوری آنکھوں سے بے چینی جھانک رہی تھی۔

'تم آفیسرس میس میں کسی کو جانتی ہو؟'

جولی نے غیر مطمئن انداز سے سر ہلایا۔ لتیکا کچھ دیر تک جولی کو بغیر پلکیں جھپکائے گھورتی رہی۔

'جولی، مجھے یقین ہے، تم جھوٹ نہیں بولو گی۔' کچھ لمحے پہلے جولی کی آنکھوں میں جو بے چینی تھی، وہ خوف میں تبدیل ہونے لگی۔

لتیکا نے اپنی جیکٹ کی جیب سے ایک نیلا لفافہ نکال کر جولی کی گود میں پھینک دیا۔

'یہ کس کی چٹّھی ہے؟'

جولی نے لفافہ اٹھانے کے لیے ہاتھ بڑھایا، لیکن پھر ایک لمحے کے لیے اس کا ہاتھ کانپ کر ٹھٹھک گیا —— لفافے پر اس کا نام اور ہوسٹل کا پتہ لکھا ہوا تھا۔

'تھینک یو میڈم، میرے بھائی کا خط ہے، وہ جھانسی میں رہتے ہیں۔' جولی

نے گھبراہٹ میں لفافے کو اپنی اسکرٹ کی تہوں میں چھپالیا۔

'جولی، ذرا مجھے لفافہ دکھاؤ۔' لتیکا کی آواز تلخ اور تیز ہوگئی۔

جولی نے ان منے ڈھنگ سے خط لتیکا کو دے دیا۔

'تمھارے بھائی جھانسی میں رہتے ہیں؟'

جولی اس بار کچھ نہیں بولی۔ اس کی بے قرار کھڑی سی آنکھیں لتیکا کو دیکھتی رہیں۔

'یہ کیا ہے؟'

جولی کا چہرہ سفید فق پڑ گیا۔ لفافے پر کماؤں ریجمنٹل سنٹر کی مہر اس کی طرف گھور رہی تھی۔

'کون ہے یہ ——' لتیکا نے پوچھا۔ اس نے پہلے بھی ہوسٹل میں اڑتی ہوئی افواہ سنی تھی کہ جولی کو کلب میں کسی ملٹری افسر کے ساتھ دیکھا گیا تھا، لیکن ایسی افواہیں اکثر اڑتی رہتی تھیں اور اس نے اس پر یقین نہیں کیا تھا۔

'جولی، تم ابھی بہت چھوٹی ہو ——' جولی کے ہونٹ کانپے —— اس کی آنکھوں میں بے بس رحم کا احساس گھر آیا۔

'اچھا ابھی جاؤ —— تم سے چھٹیوں کے بعد باتیں کروں گی۔'

جولی نے للچائی نگاہ سے لفافے کی طرف دیکھا، کچھ بولنے کو ہوئی، پھر بغیر کچھ کہے واپس لوٹ گئی۔

لتیکا دیر تک جولی کو دیکھتی رہی، جب تک وہ آنکھوں سے اوجھل نہیں ہوگئی۔ کیا میں کسی کھوسٹ بڑھیا سے کم ہوں۔ اپنی کمی کا بدلہ کیا میں دوسروں سے لے رہی ہوں؟

شاید —— کون جانے —— شاید جولی کا یہ پہلا تعارف ہو، اس احساس سے، جسے کوئی بھی لڑکی بڑے شوق سے سنجو کر، سنبھال کر اپنے میں چھپائے رکھتی ہے، ایک بے پناہ سکھ، جو درد لیے ہے، درد اور سکھ کو ڈبوتی ہوئی، امڑتے جوار کی خماری —— جو دونوں کو اپنے میں سمو لیتی ہے —— ایک درد، جو مسرت سے پیدا ہوا ہے اور درد دیتا ہے ——

یہیں اسی دیودار کے نیچے اسے بھی یہی لگا تھا، جب گریش نے پوچھا تھا،

'تم چپ کیوں ہو؟' وہ آنکھیں موندے سوچ رہی تھی —— سوچ کہاں رہی تھی، اس لمحے کو جو خوف اور حیرانی کے درمیان تھا —— بہکا سا پاگل لمحہ۔ وہ ابھی پیچھے مڑے گی تو گریش کی نروس، مسکراہٹ دکھائی دے جائے گی۔ اس دن سے آج دوپہر تک کا ماضی ایک بڑے خواب کی طرح ٹوٹ جائے گا۔ وہی دیودار ہے، جس پر اس نے اپنے بالوں کے کلپ سے گریش کا نام لکھا تھا۔ درخت کی چھال اترتی نہیں تھی، کلپ ٹوٹ ٹوٹ جاتا تھا، تب گریش نے اپنے نام کے نیچے اس کا نام لکھا تھا۔ جب کبھی کوئی حروف بگڑ کر ٹیڑھا میڑھا ہو جاتا تھا، تب وہ ہنستی تھی، اور گریش کا کانپتا ہاتھ اور بھی کانپ جاتا تھا——

لتیکا کو لگا کہ جو وہ یاد کرتی ہے، وہی بھولنا بھی چاہتی ہے، لیکن جب سچ مچ بھولنے لگتی ہے، تب اسے ڈر لگتا ہے کہ جیسے کوئی اس کی کسی چیز کو اس کے ہاتھوں سے چھینے لیے جا رہا ہے، ایسا کچھ جو ہمیشہ کے لیے کھو جائے گا۔ بچپن میں جب کبھی وہ اپنے کسی کھلونے کو کھو دیتی تھی، تو وہ گم سی ہو کر سوچا کرتی تھی، کہاں رکھ دیا میں نے۔ جب بہت دوڑ دھوپ کرنے پر کھلونا مل جاتا، تو وہ بہانہ کرتی کہ ابھی اسے ڈھونڈ نہیں رہی ہے کہ وہ ابھی ملا نہیں ہے۔ جس جگہ پر کھلونا رکھا ہوتا، جان بوجھ کر اسے چھوڑ کر گھر کے دوسرے کونوں میں اسے ڈھونڈنے کی کوشش کرتی۔ تب کھوئی ہوئی چیز یاد رہتی، اس لیے بھولنے کا خوف نہیں رہتا تھا۔

آج وہ اس بچپن کے کھیل کا بہانہ کیوں نہیں کر پاتی؟ 'بہانہ' —— شاید کرتی ہے، اسے یاد کرنے کا بہانہ، جو بھولتا جا رہا ہے —— دن، مہینے بیت جاتے ہیں، اور وہ الجھی رہتی ہے، انجانے میں گریش کا چہرہ دھندلا پڑ جاتا ہے، یاد وہ کرتی ہے، لیکن جیسے کسی پرانی تصویر کے دھول بھرے شیشے کو صاف کر رہی ہو۔ اب ویسا درد نہیں ہوتا، صرف اس کو یاد کرتی ہے، جو پہلے کبھی ہوتا تھا —— تب اسے اپنے پر پشیمانی ہوتی ہے۔ وہ پھر جان بوجھ کر اس زخم کو کریدتی ہے، جو بھرتا جا رہا ہے، خود بخود اس کی کوششوں کے باوجود بھرتا جا رہا ہے۔

دیودار پر کھدے ہوئے ادھ مٹے نام لتیکا کی طرف خاموش، قابل رحم جذبے سے دیکھ رہے تھے۔ میڈوز کے گھنے سناٹے میں نالے پار سے کھیلتی ہوئی لڑکیوں

کی آوازیں گونج جاتی تھیں ...

وہاٹ ڈو یو وانٹ ... وہاٹ ڈو یو وانٹ —— ؟

تتلیاں، جھینگر، جگنو —— میڈوز پر اترتے ہوئے شام کے سائے میں پتہ نہیں چلتا، کون آواز کس کی ہے؟ دوپہر کے وقت جن آوازوں کو الگ الگ کر کے پہچانا جا سکتا تھا، اب وہ ایک آواز کی مسلسل لَے میں گھل گئی تھیں۔ گھاس سے اپنے پیروں کو پونچھتا ہوا کوئی رینگ رہا ہے۔ جھاڑیوں کے جھرمٹ سے پروں کو پھڑپھڑاتا ہوا جھپٹ کر کوئی اوپر سے اڑ جاتا ہے —— لیکن اوپر دیکھو تو کہیں کچھ بھی نہیں ہے۔ میڈوز کے جھرنے کی گڑگڑاتی آواز —— جیسے اندھیرے سرنگ میں جھپاٹے سے ٹرین گزر گئی ہو، اور دیر تک اس میں سیٹیوں اور پہیوں کی چیخ گونجتی رہی ہو ...

پکنک کچھ دیر تک اور چلتی، لیکن بادلوں کے ننھے ایک دوسرے پر چڑھتے جا رہے تھے۔ پکنک کا سامان بٹورا جانے لگا۔ میڈوز کے چاروں طرف بکھری ہوئی لڑکیاں مس ووڈ کے ارد گرد جمع ہونے لگیں۔ اپنے ساتھ وہ عجیب و غریب چیزیں لائی تھیں۔ کوئی کسی پرندے کے ٹوٹے پنکھ کو بالوں میں لگائے ہوئے تھی۔ کسی نے پیڑ کی ٹہنی کو چاقو سے چھیل کر چھوٹی سی بینت بنا لی تھی۔ اونچی کلاس کی کچھ لڑکیوں نے اپنے اپنے رومالوں میں نالے سے پکڑی ہوئی چھوٹی چھوٹی بالشت بھر کی مچھلیوں کو دبا رکھا تھا جنھیں مس ووڈ سے چھپا کر وہ ایک دوسرے کو دکھا رہی تھیں۔

مس ووڈ لڑکیوں کی ٹولی کے ساتھ آگے نکل گئیں۔ میڈوز سے پکی سڑک تک تین چار فرلانگ کی چڑھائی تھی۔ لتیکا ہانپنے لگی۔ ڈاکٹر مکرجی سب سے پیچھے آ رہے تھے۔ لتیکا کے پاس پہنچ کر وہ ٹھٹھک گئے۔ ڈاکٹر نے دونوں گھٹنوں کو زمین پر ٹیکتے ہوئے سر جھکا کر الیزابیتھ عہد کی انگریزی میں کہا —— 'میڈم، آپ اتنی پریشان کیوں نظر آ رہی ہیں ——'

اور ڈاکٹر کے ڈرامائی انداز کو دیکھ کر لتیکا کے ہونٹوں پر ایک تھکی سی ڈھیلی ڈھیلی مسکراہٹ بکھر گئی۔

'پیاس کے مارے گلا سوکھ رہا ہے ــــ اور یہ چڑھائی ہے کہ ختم ہونے میں نہیں آتی۔'

ڈاکٹر نے اپنے کندھے پر لٹکتے ہوئے تھرمس کو اُتار کر لتیکا کے ہاتھوں میں دیتے ہوئے کہا ــــ 'تھوڑی سی کافی بچی ہے، شاید کچھ مدد کر سکے۔'

'پکنک میں تم کہاں رہ گئے ڈاکٹر، کہیں دکھائی نہیں دیئے؟'

'دوپہر بھر سوتا رہا ــــ مس ووڈ کے ساتھ، میرا مطلب ہے مس ووڈ پاس بیٹھی تھیں۔'

'مجھے لگتا ہے، مس ووڈ مجھ سے محبت کرتی ہیں۔' کوئی بھی مذاق کرتے وقت ڈاکٹر اپنی مونچھوں کے کونوں کو چبانے لگتا ہے۔

'کیا کہتی تھیں؟' لتیکا نے تھرمس سے کافی کو منہ میں انڈیل لیا۔

'شاید کچھ کہتیں، لیکن بدقسمتی سے بیچ میں ہی مجھے نیند آگئی۔ میری زندگی کے کچھ خوبصورت محبت کے قصے کم بخت اس نیند کی وجہ سے ادھورے رہ گئے ہیں۔'

اور اس دوران جب دونوں باتیں کر رہے تھے، ان کے پیچھے میڈوز اور موٹر روڈ کے ساتھ چڑھتی ہوئی چیڑ اور باج کے درختوں کی قطار شام کے گھرتے اندھیرے میں ڈوبنے لگے، جیسے عبادت کرتے ہوئے انھوں نے چپ چاپ اپنے سر جھکا لیے ہوں۔ انھیں درختوں کے اوپر بادلوں میں گرجے کا کراس کہیں الجھا پڑا تھا۔ اس کے نیچے پہاڑوں کے ڈھلان پر بچھے ہوئے کھیت بھاگتی ہوئی گلہریوں سے لگ رہے تھے، جیسے کسی کی ٹوہ میں خاموش ٹھٹھک گئے ہوں۔

'ڈاکٹر، مسٹر ہیوبرٹ پکنک پر نہیں آئے؟'

ڈاکٹر مکرجی ٹارچ جلا کر لتیکا کے آگے آگے چل رہے تھے۔

'میں نے انھیں منع کر دیا تھا۔'

'کس لیے؟'

اندھیرے میں پیروں کے نیچے دبے ہوئے پتوں کی چرمراہٹ کے علاوہ کچھ سنائی نہیں دیتا تھا۔ ڈاکٹر مکرجی نے دھیرے سے کھانسا۔

'پچھلے کچھ دنوں سے مجھے شبہ ہوتا جا رہا ہے کہ ہیوبرٹ کی چھاتی کا درد

معمولی درد نہیں ہے۔' ڈاکٹر تھوڑا سا ہنسا، جیسے اُسے اپنی یہ سنجیدگی اوباؤ لگ رہی ہو۔

ڈاکٹر نے انتظار کیا، شاید لتیکا کچھ کہے گی۔ لیکن لتیکا چپ چاپ اس کے پیچھے چل رہی تھی۔

'یہ میرا محض شک ہے، شاید میں بالکل غلط ہوں، لیکن یہ بہتر ہوگا کہ وہ اپنے ایک پھیپھڑے کا ایکسرے کرالیں —— اس سے کم از کم کوئی وہم تو نہیں رہے گا۔'

'آپ نے مسٹر ہیوبرٹ سے اس کے بارے میں کچھ کہا ہے؟'

'ابھی تک کچھ نہیں کہا۔ ہیوبرٹ ذرا سی بات پر فکرمند ہو جاتا ہے، اس لیے کبھی ہمت نہیں ہو پاتی۔'

ڈاکٹر کو لگا، اس کے پیچھے آتے ہوئے لتیکا کے پیروں کی آواز اچانک بند ہو گئی ہے۔ انھوں نے پیچھے مڑکر دیکھا، لتیکا بیچ سڑک میں اندھیرے میں سایہ سی چپ چاپ بے جان کھڑی ہے!

'ڈاکٹر...' لتیکا کی آواز بھرائی ہوئی تھی۔

'کیا بات ہے مس لتیکا... آپ رُک کیوں گئیں؟'

'ڈاکٹر... کیا مسٹر ہیوبرٹ...!'

ڈاکٹر نے اپنے ٹارچ کی مدھم روشنی لتیکا پر دی —— اس نے دیکھا، لتیکا کا چہرہ ایک دم زرد پڑ گیا ہے اور وہ رہ رہ کر پتے سی کانپ جاتی ہے۔

'مس لتیکا، کیا بات ہے، آپ تو بہت ڈری سی جان پڑتی ہیں؟'

'کچھ نہیں ڈاکٹر... مجھے... مجھے کچھ یاد آ گیا تھا...!'

وہ دونوں پھر چلنے لگے۔ کچھ دور جانے پر ان کی آنکھیں اوپر اُٹھ گئیں۔ پرندوں کا ایک بیڑہ دھندلے آکاش میں مثلث بناتا ہوا پہاڑوں کے پیچھے سے ان کی طرف آرہا تھا۔ لتیکا اور ڈاکٹر سر اُٹھاکر ان پرندوں کو دیکھتے رہے۔ لتیکا کو یاد آیا، ہر سال سردی کی چھٹیوں سے پہلے یہ پرندے میدانوں کی طرف اڑتے ہیں، کچھ دنوں کے لیے بیچ کے اس پہاڑی اسٹیشن پر بسیرا کرتے ہیں، انتظار کرتے

ہیں برف کے دنوں کا، جب وہ نیچے اجنبی، انجانے دیشوں میں اڑ جائیں گے...
کیا وہ سب بھی انتظار کر رہے ہیں؟ وہ، ڈاکٹر مکرجی، مسٹر ہیوبرٹ ——
لیکن کہاں کے لیے، ہم کہاں جائیں گے ——
لیکن اس کا کوئی جواب نہیں ملا —— اس اندھیرے میں میڈوز کے جھرنے کی ڈراؤنی آواز اور چیڑ کے پتوں کی سرسراہٹ کے علاوہ کچھ سنائی نہیں دیتا تھا۔
لتیکا ہڑبڑا کر چونک گئی۔ اپنی چھڑی پر جھکا ڈاکٹر دھیرے دھیرے سیٹی بجا رہا تھا۔
'مس لتیکا، جلدی کیجیے، بارش شروع ہونے والی ہے۔'
ہوسٹل پہنچتے پہنچتے بجلی چمکنے لگی تھی۔ لیکن اس رات بارش دیر تک نہیں ہوئی۔ بادل برسنے بھی نہیں پاتے تھے کہ ہوا کے تھپیڑوں سے دھکیل دیئے جاتے تھے۔ دوسرے دن تڑکے ہی بس پکڑنی تھی، اس لیے ڈنر کے بعد لڑکیاں سونے کے لیے اپنے اپنے کمروں میں چلی گئی تھیں۔
جب لتیکا اپنے کمرے میں گئی، اس وقت کماؤں رجیمنٹل سنٹر کا بگل بج رہا تھا اس کے کمرے میں کریم الدین کوئی پہاڑی دھن گنگناتا ہوا لیمپ میں گیس پمپ کر رہا تھا۔ لتیکا انھیں کپڑوں میں، تکیے کو دوہرا کر کے لیٹ گئی۔ کریم الدین نے اڑتی ہوئی نگاہ سے لتیکا کو دیکھا، پھر اپنے کام میں جٹ گیا۔
'پکنک کیسی رہی میم صاحب؟'
'تم کیوں نہیں آئے، سب لڑکیاں تمھیں پوچھ رہی تھیں؟' لتیکا کو لگا سارے دن کی تھکان دھیرے دھیرے، اس کے جسم کی پسلیوں پر چپٹتی جا رہی ہے، اچانک اس کی آنکھیں نیند کے بوجھ سے جھپکنے لگیں۔
'میں چلا آتا تو ہیوبرٹ صاحب کی تیمارداری کون کرتا؟ دن بھر ان کے بستر سے سٹا ہوا بیٹھا رہا... اور اب وہ غائب ہو گئے ہیں۔'
کریم الدین نے کندھے پر لٹکتے ہوئے میلے کچیلے تولیے کو اتارا اور لیمپ کے شیشوں کی گرد پونچھنے لگا۔
لتیکا کی ادھ مندی آنکھیں کھل گئیں۔ 'کیا ہیوبرٹ صاحب اپنے کمرے میں

نہیں ہیں ؟'

' خدا جانے اس حالت میں کہاں بھٹک رہے ہیں۔ پانی گرم کرنے کچھ دیر کے لیے باہر گیا تھا، واپس آنے پر دیکھتا ہوں کہ کمرہ خالی پڑا ہے۔'

کریم الدین بڑبڑاتا ہوا باہر چلا گیا۔ لتیکا نے لیٹے لیٹے پلنگ کے نیچے چپلوں کو پیروں سے اتار دیا۔

ہیوبرٹ اتنی رات کہاں گئے ؟ لیکن لتیکا کی آنکھیں پھر جھپک گئیں۔ دن بھر کی تھکان نے ساری پریشانیوں، سوالوں پر کنجی لگادی تھی، جیسے دن بھر آنکھ مچولی کھیلتے ہوئے اس نے اپنے کمرے میں 'دیا' کو چھولیا تھا۔ اب وہ محفوظ تھی، کمرے کی چہار دیواری کے اندر اسے کوئی نہیں پکڑ سکتا۔ دن کے اجالے میں وہ گواہ تھی، مجرم تھی، ہر چیز کا اس سے تقاضہ تھا، اب اس تنہائی میں کوئی گلہ نہیں، شکایت نہیں، ساری کھینچا تانی ختم ہوگئی ہے، جو اپنا ہے، وہ بالکل اپنا سا ہوگیا ہے، اس کا دکھ نہیں، اپنانے کی فرصت نہیں...

لتیکا نے دیوار کی طرف منہ گھما لیا۔ لیمپ کی ہلکی روشنی میں ہوا میں کانپتے پردوں کے سائے ہل رہے تھے۔ بجلی کڑکنے سے کھڑکیوں کے شیشے چمک جاتے تھے، دروازے چٹخنے لگتے تھے، جیسے کوئی باہر سے آہستے آہستے دستک دے رہا ہو کاریڈور سے اپنے اپنے کمروں میں جاتی ہوئی لڑکیوں کی ہنسی، باتوں کے کچھ الفاظ — پھر سب کچھ شانت ہوگیا، لیکن پھر بھی دیر تک کچی نیند میں وہ لیمپ کا ہلکا سا سی سی، کی آواز سنتی رہی۔ وہ آواز بھی خاموشی کا حصہ بن کر چپ ہوگئی، اسے پتہ نہ چلا۔

کچھ دیر بعد اس کو لگا، سیڑھیوں سے کچھ دبی آوازیں اوپر آرہی ہیں، بیچ بیچ میں کوئی چیخ اٹھتا ہے اور پھر اچانک آواز مدھم پڑجاتی ہے۔

' مس لتیکا، ذرا اپنا لیمپ لائیے۔' کاریڈور کے زینے سے ڈاکٹر مکرجی کی آواز آئی تھی۔

کاریڈور میں اندھیرا تھا۔ وہ تین چار سیڑھیاں نیچے اتری، لیمپ نیچے کیا۔ سیڑھیوں سے۔ سٹہ جنگلے پر ہیوبرٹ نے اپنا سر رکھ دیا تھا۔ اس کی ایک بانہہ

جنگلے کے نیچے لٹک رہی تھی اور دوسری ڈاکٹر کے کندھے پر جھول رہی تھی، جسے ڈاکٹر نے اپنے ہاتھوں میں جکڑ رکھا تھا۔

'مس لتیکا، لیمپ ذرا اور نیچے جھکا دیجیے... ہیوبرٹ... ہیوبرٹ...'

ڈاکٹر نے ہیوبرٹ کو سہارا دے کر اوپر کھینچا۔ ہیوبرٹ نے اپنا چہرہ اوپر کیا۔ وہسکی کی تیز بُو کا جھونکا لتیکا کے سارے جسم کو جھنجھوڑ گیا۔ ہیوبرٹ کی آنکھوں میں سُرخ ڈورے کھنچ آئے تھے، قمیض کا کالر الٹا ہو گیا تھا اور ٹائی کی گانٹھ ڈھیلی ہو کر نیچے کھسک آئی تھی۔ لتیکا نے کانپتے ہاتھوں سے لیمپ سیڑھیوں پر رکھ دیا اور خود دیوار کے سہارے کھڑی ہو گئی۔ اس کا سر چکرانے لگا تھا۔

'اِن اے بیک لین آف دَ سیٹی، دیر از اے گرل، ہُو لوز می...' ہیوبرٹ ہچکیوں کے درمیان گنگنا اٹھتا تھا۔

'ہیوبرٹ، پلیز... پلیز!' ڈاکٹر نے ہیوبرٹ کے لڑکھڑاتے جسم کو اپنی مضبوط گرفت میں لے لیا۔

'مس لتیکا، آپ لیمپ لے کر آگے چلیے...' لتیکا نے لیمپ اٹھایا۔ دیوار پر اِن تینوں کے سائے ڈگمگانے لگے۔

'ان اے بیک لین آف دَ سیٹی، دیر از اے گرل ہو لوز می...' ہیوبرٹ ڈاکٹر مکرجی کے کندھے پر سر لٹکائے اندھیری سیڑھیوں پر اُلٹے سیدھے پیر رکھتا چڑھ رہا تھا۔

'ڈاکٹر، ہم کہاں ہیں؟' ہیوبرٹ اچانک اتنے زور سے چیخا کہ اس کی لڑکھڑاتی آواز سنسان اندھیرے میں کاریڈور کی چھت سے ٹکرا کر دیر تک ہوا میں گونجتی رہی۔

'ہیوبرٹ...' ڈاکٹر کو ایک دم ہیوبرٹ پر غصّہ آ گیا، پھر اپنے غصّے پر ہی اُسے جھلّاہٹ ہوئی اور وہ ہیوبرٹ کی پیٹھ تھپتھپانے لگا۔

'کچھ بات نہیں ہے ہیوبرٹ ڈیر، تم صرف تھک گئے ہو۔' ہیوبرٹ نے اپنی آنکھیں ڈاکٹر پر گڑا دیں، ان میں ایک خوف زدہ بچّے کی سی معصومیت جھلک رہی تھی، جیسے ڈاکٹر کے چہرے سے وہ کسی سوال کا جواب پا لینا چاہتا ہو۔

ہیوبرٹ کے کمرے میں پہنچ کر ڈاکٹر نے اُسے بستر پر لِٹا دیا۔ ہیوبرٹ

نے بغیر کسی احتجاج کے چپ چاپ جوتے موزے اتروا دیئے۔ جب ڈاکٹر ہیوبرٹ کی ٹائی اتارنے لگا، تو ہیوبرٹ اپنی کہنی کے سہارے اٹھا، کچھ دیر تک ڈاکٹر کو آنکھیں پھاڑتے ہوئے گھورتا رہا، پھر دھیرے سے اس کا ہاتھ پکڑ لیا۔

'ڈاکٹر، کیا میں مر جاؤں گا؟'

'کیسی بات کرتے ہو ہیوبرٹ!' ڈاکٹر نے ہاتھ چھڑا کر دھیرے سے ہیوبرٹ کا سر تکیے پر ٹکا دیا۔

'گڈ نائٹ ہیوبرٹ...'

'گڈ نائٹ ڈاکٹر'، ہیوبرٹ نے کروٹ بدل لی۔

'گڈ نائٹ مسٹر ہیوبرٹ...' لتیکا کی آواز کانپ گئی۔

لیکن ہیوبرٹ نے کوئی جواب نہیں دیا۔ کروٹ بدلتے ہی اسے نیند آگئی تھی۔

کاریڈور میں واپس آکر ڈاکٹر مکرجی ریلنگ کے سامنے کھڑے ہو گئے۔ ہوا کے تیز جھونکوں سے آسمان میں پھیلے بادلوں کی پرتیں جب کبھی اکھری ہو جاتیں، تب ان کے پیچھے سے چاندنی بجھتی ہوئی آگ کے دھوئیں سی آس پاس کی پہاڑوں پر پھیل جاتی تھی۔

'آپ کو مسٹر ہیوبرٹ کہاں ملے؟' لتیکا کاریڈور کے دوسرے کونے میں ریلنگ پر جھکی ہوئی تھی۔

'کلب کی بار میں انھیں دیکھا تھا، میں نہ پہنچتا تو نہ جانے کب تک بیٹھے رہتے۔' ڈاکٹر مکرجی نے سگریٹ جلایا۔ انھیں ابھی ایک دو مریضوں کے گھر جانا تھا۔ کچھ دیر تک انھیں ٹال دینے کے ارادے سے وہ کاریڈور میں کھڑے رہے۔

نیچے اپنے کوارٹر میں بیٹھا ہوا کریم الدین کوئی پرانی فلمی دھن بجا رہا تھا۔

'آج دن بھر بادل چھائے رہے، لیکن کھل کر بارش نہیں ہوئی...'

'کرسمس تک شاید موسم ایسا ہی رہے گا۔' کچھ دیر تک دونوں چپ چاپ کھڑے رہے۔ کانونٹ اسکول کے باہر پھیلے لان سے جھینگروں کی مسلسل آواز چاروں طرف پھیلی خاموشی کو اور بھی زیادہ گہری بنا رہے تھے۔ کبھی کبھی اوپر موٹر روڈ پر کسی کتے کی غراہٹ سنائی پڑ جاتی تھی۔

'ڈاکٹر... کل رات آپ نے مسٹر ہیوبرٹ سے کچھ کہا تھا ــــ میرے بارے میں؟'

'وہی جو سب لوگ جانتے ہیں اور... ہیوبرٹ، جسے جاننا چاہیے تھا، لیکن نہیں جانتا تھا...'

ڈاکٹر نے لتیکا کی طرف دیکھا، وہ بے حس، بے جان ریلنگ پر جھکی ہوئی تھی۔

'ویسے ہم سب کی اپنی اپنی ضد ہوتی ہے، کوئی چھوڑ دیتا ہے، کوئی آخر تک اس سے چپکا رہتا ہے۔' ڈاکٹر مکرجی اندھیرے میں مسکرائے۔ ان کی مسکراہٹ میں سوکھا سا بیگانگی کا احساس تھا۔

'کبھی کبھی میں سوچتا ہوں مس لتیکا، کسی چیز کو نہ جاننا اگر غلط ہے تو جان بوجھ کر نہ بھول پانا، ہمیشہ جونک کی طرح اس سے چمٹے رہنا ــــ یہ بھی غلط ہے۔ برما سے آتے ہوئے جب میری بیوی کا انتقال ہوا تھا، مجھے اپنی زندگی بیکار سی لگی تھی۔ آج اس بات کو عرصہ گزر گیا اور جیسا آپ دیکھتی ہیں، میں جی رہا ہوں، امید ہے کہ کافی عرصہ اور جیوؤں گا۔ زندگی کافی دلچسپ لگتی ہے، اور اگر عمر کی مجبوری نہ ہوتی تو شاید میں دوسری شادی کرنے میں بھی نہ جھجکتا۔ اس کے باوجود کون کہہ سکتا ہے کہ میں اپنی بیوی سے محبت نہیں کرتا تھا ــــ آج بھی کرتا ہوں...'

'لیکن ڈاکٹر...' لتیکا کا گلا رندھ گیا تھا۔

'کیا مس لتیکا؟'

ڈاکٹر، سب کچھ ہونے کے باوجود وہ کیا چیز ہے جو ہمیں چلائے چلتی ہے، ہم رکتے ہیں تو بھی اپنے ریلے میں وہ ہمیں گھسیٹ لے جاتی ہے۔' لتیکا کو لگا کہ وہ جو کہنا چاہ رہی تھی کہہ نہیں پا رہی، جیسے اندھیرے میں کچھ کھو گیا ہے، جو مل نہیں پا رہا، شاید کبھی نہیں مل پائے گا۔

'یہ تو آپ کو فادر المنڈ ہی بتا پائیں گے مس لتیکا،' ڈاکٹر کی کھوکھلی ہنسی میں اُن کا پرانا سنکی پن ابھر آیا تھا۔

'اچھا، چلتا ہوں مس لتیکا، مجھے کافی دیر ہو گئی ہے۔' ڈاکٹر نے دیا سلائی جلا کر گھڑی دیکھی۔

'گڈ نائٹ مس لتیکا!'

'گڈ نائٹ ڈاکٹر...'

ڈاکٹر کے جانے پر لتیکا کچھ دیر تک اندھیرے میں ریلنگ سے سٹی کھڑی رہی۔ ہوا چلنے سے کاریڈور میں جما ہوا کُہرا کانپ اٹھتا تھا۔ شام کو سامان باندھتے ہوئے لڑکیوں نے اپنے اپنے کمرے کے سامنے جو پُرانی کاپیوں، اخبار اور ردّی کے اخبار لگا دیئے تھے، اب اندھیرے کاریڈور میں ہوا کے جھونکوں سے اِدھر اُدھر بکھرنے لگے تھے۔

لتیکا نے لیمپ اٹھایا اور اپنے کمرے کی طرف جانے لگی۔ کاریڈور میں چلتے ہوئے اس نے دیکھا، جولی کے کمرے سے روشنی کی ایک باریک لکیر دروازے کے باہر کھنچ آئی ہے۔ لتیکا کو کچھ یاد آیا۔ وہ کچھ لمحوں تک سانس روکے جولی کے کمرے کے باہر کھڑی رہی۔ کچھ دیر بعد اس نے دروازہ کھٹکھٹایا۔ اندر سے کوئی آواز نہیں آئی۔ لتیکا نے دبے ہاتھوں سے ہلکا سا دھکا دیا، دروازہ کُھل گیا۔ جولی لیمپ بجھانا بھول گئی تھی۔ لتیکا دھیرے دھیرے دبے پاؤں جولی کے پلنگ کے پاس چلی آئی۔ جولی کا سوتا ہوا چہرہ لیمپ کی ہلکی روشنی میں زرد سا دکھ رہا تھا۔ لتیکا نے اپنی جیب سے وہی نیلا لفافہ نکالا اور اُسے دھیرے سے جولی کے تکیے کے نیچے دبا کر رکھ دیا۔